U0143886

loves

情人们

【日】江国香织 等著
钱贺之 译

学林出版社

译者序

近年来，由日本祥传社出版的情爱小说集《情人们》，在日本引起了巨大反响，获得了空前的成功。这本完美地融大众文学和纯文学于一体的珠玉之作，出现在日本图书市场后，立刻就进入了畅销书排行榜，并且一版再版，发行数高达数十万册。对一部短篇小说集来说，这可以称得上是一大盛况。无论是男性读者还是女性读者，大学生还是中学生，公务员还是个体户，白领还是蓝领，争相先睹为快，为之倾倒。誉之者称其为当代文学中的一朵奇葩、现代女性文学中的辉煌巨作。

进入21世纪的日本，政治、经济诸方面依然暮气沉沉、乏善可陈；而与此同时，社会上出现的追求个人自由，尤其是女性崇尚自由、渴望摆脱传统束缚的价值取向，正方兴未艾、愈演愈烈。本书的女作者们，敏锐地感受到这样的时代空气，她们以女性特有的眼光，审视男女之间的情感，并捕捉深藏在每一份情感底下的脉动。她们用细腻、流丽的笔调，编织了一个个或令人潸然泪下、或令人心驰神往、或令人惊心动魄的情爱故事,使无数读者产生共鸣,这是本书最大的成功之处。

书中的九个短篇,分别由九位日本一流女作家撰写。在这些作家中,有中国读者所熟悉的实力派作家江国香织、唯川惠,也有被人称为日本美女作家的川上弘美、谷村志穗,但不管是实力派还是美女派,这九位女作家都活跃在当今的日本文坛,代表着日本女性文学的最高水准。

本书共有九个短篇:《真正的白鸽》(江国香织)、《严禁横置》(川上弘美)、《把那件驼绒大衣给我》(谷村志穗)、《是否等待》(安达千夏)、《七夕之春》(岛村样子)、《圣赛巴斯蒂安之手》(下川香苗)、《水匣》(仓本由布)、《旅猫》(横森理香)、《白金戒指》(维川惠),每个故事各不相同、各显风采,而作品中的人物性格更是迥然有别,有迷茫颓废误入歧途的少女,有追求爱的最高境界的理想主义者,有陷入婚外恋而不可自拔的白领女郎,也有耽于性爱最后不惜以身试法的悲剧人物,无不栩栩如生,精彩纷呈。有趣的是,这些作品又有一个很明显的共同之处,那就是它们在情爱小说的主轴下,都或明或暗地围绕着“离别”这个主题来展开情节。正如某位评论家所指出的,和男性作家相比,日本女作家创作的爱情小说,更喜欢选择“离别”的主题,这使她们的作品往往比男作家的显得更冷静、更悲观,也更能反映恋爱本身的状态。而且,她们在作品中更愿意描写性和表现婚外恋,因此,阅读她们的作品,经常会让读者心情沉重、掩卷长叹。

《情人们》的中译本即将由学林出版社出版,中国的读者可以通过此书,享受日本一流女作家创造的艺术精品,亦可赏析呈现在作品中的东洋女性的芸芸众生相。

目录 Contents

loves loves loves

真正的白鸽

江国香织

东京都出生。1987年以《草之丞的故事》获花一匁童话大奖，1989年以《409拉德克利夫》获费米纳奖。此后陆续以《芳香的日子》获产经儿童出版文化奖、坪田让治文学奖，以《闪闪发光》获紫式部文学奖，以《我的小鸟》获路旁之石文学奖，以《游泳既不安全也不适当》获山本周五郎奖等。2004年以《做好了号泣的准备》获直木奖。此外还有《东京塔》、《不足取的东西》等大量著作。

我觉得，恋爱应该是像白鸽子那样的东西。以前我在小人书上看到的那个叫托米·德·鲍勒的人画的白鸽，和鸽形酥饼一样浑圆甜美的模样，身体小巧楚楚可怜，还长着一张

机灵的脸。除了脖子周围是可爱的玫瑰色以外，全身都是洁癖般的纯白。洁癖。对，用这个词来表现恋爱的性格，最合适不过了。鸽子哪儿都有，但这种真正的鸽子，可不会随便在大街上乱飞。它们不和人套近乎，更不会让人饲养着。所以，如果有一天你身边飞来了一只真正的鸽子，你可一定要把它当作贵客对待，一定要付出你的全部热情。嗯，行了，直到有一天鸽子这么说。

我没有朋友，但以前曾经有过；我也没有家人，当然，以前也是有过的。我孤身一人，不，我只能算是半个人，找不到我的另一半，我的大脑我的心脏的机能就不能正常运行。朋友们是我在高中时遗弃的，家人则是在21岁的时候。不过他们一定会说，不是我遗弃了他们而是他们遗弃了我。

我的身体状况良好，足以应付孤身一人的生活，当然，还有恋爱。我今年27岁，在丹尼斯餐厅做女招待。关于我，值得说明的，也只有这些了。

我想说说我最近一次恋爱的事。

我称新太郎为“达令”，而新太郎管我叫“我的天使”。每天晚上入睡时，我们都相拥而卧，像一团鳕鱼仔那样紧紧抱成一团，每天晚上如此。

我和新太郎是在一家邮局相遇的。那是八月底一个闷热的晚上，新太郎去寄东西，而我去取邮件，所以两人都去了那儿。谁能想到，那个设在居民区内、有一个宽阔的停车场、开着晚间服务窗口的玉川邮局，竟会飞来一只鸽子？但千真万确飞来了，玫瑰色的脖子，全身洁白可爱，一只真正的鸽子。

新太郎留着平头，身体像运动员般结实。他穿着 T 恤和运动短裤，让我一眼就能窥见到他的皮肤肌肉。新太郎的那件 T 恤的背后，印着一个竖着中指的大拳头，意思是 fuck you，于是我不禁脱口说道：

“fuck me”

不过那天晚上的事，要让新太郎说的话，就是另一个有些不同的故事了。因为买了新的电脑，新太郎准备把那台旧的送给父亲，他把旧电脑捆得结结实实，抱到了邮局。就在那儿，他看到了天使，蜜桃般的天使太阳般的天使。总之，天使熠熠生辉无比可爱，让新太郎心驰神往。天使好像说了些什么，但说的是什么新太郎完全不记得了。反正天使嫣然一笑，显得很高兴，于是新太郎也笑了。

不管当时的情况到底怎样，反正我们就是如此这般相遇的。当时我是开车去的，所以顺道把新太郎送回了他的简易公寓。我的车是黄色的三菱，已经破旧得快报废了，但我很中意。那是很久以前交往的一个男人，分手时他作为纪念品送给我的。车子的引擎声巨大而且独特，只要一听到这个声音，我的心马上就能安静下来。新太郎是骑自行车来的，但他好像早就忘了个精光，乐滋滋地钻进了我的车。

到了他的住处，新太郎说我给你沏茶，但是我谢绝了。如果那是只真正的鸽子，那可急不得。

那天我从邮局领回来的邮件，是刚分手不久的男朋友给我寄回来的。茶杯、化妆品、沙滩鞋、生理用品等，都是些细碎物品。我曾对他说你就扔了吧，但他说舍不得扔。他说："扔又扔不了，放又不知放哪儿。"他对一切都感到伤感，我也同样伤感。他曾非常非常爱我，我也曾非常非常爱他。但是，鸽子飞走了。事情总是这样，鸽子迟早要飞走的。

"去散步吧。"

最后那天我对他这么说。平时我们无论做什么总是在一起，那天晚上，我们也是手拉手一起出门的。春天，漆黑之中渗透着湿润的花香。白天下过雨，樱花尽情地飘落，地面还是湿湿的。

"如果可以在自杀和杀人之间选择，你会怎么办？"

我这么问道。男人说：

"杀人之后再自杀。"

于是我把车钥匙扔给了男人，往前走了几步，然后在潮湿的马路上，仰天躺了下来。这是我们爱的葬礼。

男人钻进我的车里。在和煦的夜色里，我一一辨别着所有的声音：开车门的声音、关车门的声音、引擎发动的声音、换挡的声音，然后，一片亮光。

但是，男人最后踩住了刹车。

我知道结果会是这样。男人大概也知道。虽然知道，但我还是感到些失望，同时，又感到如释重负。柏油马路硬硬的，我感到后背一片冰凉，全湿透了。

在邮局遇到新太郎的第二天，我就决定去找他。我准备见面时这么说："你好。谢谢你昨天为我搬邮件。我还是想请你为我沏杯茶。"我刚涂完口红，没想到新太郎却找上门来了。他说他偷偷记下了我的邮件上的地址，所以就找到了我。“无论如何都想见你，所以就找来了。”他说。

我这才明白，就像我希望见新太郎一样，新太郎也想见我。我们两人情绪高涨，虽有些不好意思，但都非常高兴。

那天晚上，新太郎和我说了一个晚上的话，一个劲地说。我们述说着至今为止自己和对方不同的生活经历，以不同顺序，述说着一切，像是着了魔一般。小时候，新太郎曾掉到海里膝盖受了伤；我在第一次钢琴练习演奏会上弹了什么曲子；有几个朋友，谈过几次恋爱；至今去过什么地方旅行；爱好什么音乐；喜欢什么食物讨厌什么食物。

新太郎小时候养过一只乌龟；现在他父母饲养着一头鬈尾狗，名叫育太；我最多时养过15条蜥蜴；新太郎在高中的时候，把装在像金鱼缸那样的特大容器里的巧克力冰淇淋——是普通冰淇淋15倍的量，能全部吃完就不用付钱——一口气吃个精光；我在20岁生日的晚上，当时的男朋友为我买来1打炸面卷，为了证明自己的爱，我把它们全塞进了肚子。

新太郎是双鱼座，O型，属猪，我是水瓶座，O型，属虎；新太郎在电器产品制造公司就职，独身，我在家庭餐厅工作，独身。

我们谈论所有的事，从疾病和受伤的个人历史到屋子里钻出了蟑螂如何处理，即使这样，还是有说不完的话。

第二天，新太郎打来电话。

“我真难以相信。”

他说。

"在女孩家过夜，一直到早上竟然连手都没有握一下，简直不能相信。"

我不禁莞尔，回答说：

"因为这是一只真正的白鸽。"

这以后的一个星期，我们你来我往地往对方的住所跑。期间还写信，信是在见面的时候交给对方的。白天也常常打电话。为了在我上班时也能和我联系上，新太郎还给我买了手机。又过了一个星期，我便搬到了新太郎的住处。

对了，在我们刚相遇的时候，新太郎有一个恋人。新太郎并没有隐瞒这点，在第一次来我家的那天他就说了。但对我们双方来说，这件事和新太郎小时候不慎掉到海里、摔伤了膝盖是一回事，不过是记忆中的一个片断而已。所以新太郎说起那恋人，几乎是带着怀念之情，就像是充满感情、回忆着很久以前的往事。

我没有什么称得上是行李的东西。遇到新太郎以后的我，就只有新太郎了。而我自身，也成了未知的、全新的一个人。

我们的第一次性交，是自那时起又过了一段时间后的事。因为，对此新太郎是这样说的："只要两人在一起，就让人幸福得眼花缭乱，没工夫再考虑性交的事儿了。"而我则说："说话吃饭看电视，要是只和新太郎一起，这些就和性交是一回事。"

但是某个星期天的傍晚，不知什么原因我们突然做了那事。最初我们在床上穿着衣服互相拥抱，然后慢慢松开手臂，开始亲吻。我们以前也这样做过，但结果总让我们笑出声来，那是因为太幸福了所以才笑的。但不知为什么，那天我们俩都没有就此罢手，我们边嬉笑边拥抱亲吻，又想脱去对方的衣服又忙着脱自己的，就这样，相当胡乱、贪婪。我说我想亲吻新太郎的每一根头发，新太郎说连我的心脏和肝脏都想抚摸。事态已经无法遏制。我们喘着粗气，时不时地发出断续的笑声。我们颠鸾倒凤、气喘吁吁、潸然泪下，就这样还是一直笑着。我们无休止地持续着。新太郎的那个进入我的那里，天衣无缝得简直让我们感到吃惊。我们两人，就像两座孤独了数亿年的宇宙，有朝一日互相越过了所有的空虚终于拥抱在了一起。虽然开着空调，但在夕阳之下，我们两个人都是浑身大汗。我想我们已经不像人样，就这样下去肯定会融化的，当别人发现我们的时候，床上也许只留下一汪清水。

“我太爱你了。”

新太郎多次这样说。我沉默着，但我的身体向他传达着同样的话语。

为了新太郎，我把料理、清扫、洗涤都做得十全十美，这些事本来就是我擅长的。为新太郎做这些事，就像和新太郎性交一样，快乐的光芒穿透我的全身，我总是有这样的感受。

新太郎的头发、指甲是我剪的，我的头发、指甲是新太郎剪的。我们除了上班，什么地方都一起去，片刻不离。

结果，在我们之间产生了只有我们两人才能明白的隐语。比如，我们把上厕所说成“随身听”。那是因为有一次我站起身准备上厕所的时候，新太郎问到：

“你去哪儿？你想一个人去吗？”

那一刻，我的心情就像是一个后悔离家出走的孩子一样，我从心里感到，我怎么如此奇怪，竟然会一个人上厕所。于是我们便一起去了厕所。不过我感到很不好意思，就让新太郎等在门口。但这样牵着的手就要分开，这也让我们觉得很不好受。于是新太郎想出一个主意，用一根绳子连接厕所内外，我们分别拉着绳子的两端。我们做什么都是这样想办法找窍门。有关厕所的窍门，最后便发展成了一个耳塞在里面一个耳塞在外面的随身听。里面的人可以毫无顾忌地大行其事，而外面的人也不会感到无聊。所以，当我们找厕所时，会这样问：

“随身听在哪儿？”

因为我说我喜欢黄颜色，所以新太郎把房间布置成黄色调。窗上安上了黄色的百叶窗，墙上贴着旅行公司赠送的、印着向日葵园地的照片的广告画，新太郎还买来了黄色的小号睡衣、黄色的水壶。他把自己的自行车也涂成了黄色，连厨房的小窗口也挂上了黄白相间的条纹布。这些都让我很高兴，于是我便不停地跳舞。跳舞是我对快乐的表现，两手上举，身子胡摇乱扭，新太郎很爱看我跳舞。

除了跳舞，新太郎还爱看摩托车拉力赛，所以我等到发工资的那一天，买来了四角器械和天线，给新太郎安装了专门播放摩托车赛的电视频道。我在新太郎的指导下，亲手在阳台上竖起了天线。

我们都希望能够满足对方的所有希望，为此愿意去做任何事情。

我们差不多每三天作一次爱。性交所带来的愉悦和安心感，每次都能让我们感到充满活力。我们曾经连续作爱八小时，结果新太郎累得绵软无力，我则是黏湿淋漓。

一切都是那么醇香甘美，此外已经别无所求。

有时我们请了病假，到对方工作的地方去玩。那样的时候，新太郎坐在丹尼斯餐厅的小桌子前，边喝咖啡便瞅着我忙碌，有一次他一直喝下了20杯咖啡。而我则是在他午休的时间，提着装了蛋糕和满满的便当的木箱去新太郎的公司。新太郎爱吃炒豆荚，所以我总是炒上一大堆。要让炒熟的豆荚散发着清香味儿，保持令人耳目一新的绿色状态，这是很重要的。我们在公司的屋顶或者会议室，两人一起吃着便当。我毫无顾忌地观察新太郎公司的女孩们，觉得她们都是长得在我之下的丑八怪，便放下了心。

和新太郎一起生活后，我吃得比以前多得多。以前害怕发胖，总是不敢吃，但和新太郎在一起，炸猪肉块、小排骨、啤酒、糕点什么都吃，却一点都没发胖，真是不可思议。

我们俩无论何时，一直、一直都在一起。新太郎和同僚们去喝酒的时候在一起，我去参加单位同事送别会的时候也在一起。我们无论何时都牵着手。我们抚摸对方的膝盖、抚摸对方的后背，简直一刻也不能停歇。

和我以前交往的那些男人们一样，渐渐地新太郎身边也没了朋友。新太郎说“我一点儿不介意”，我也觉得毫不介意。

新太郎又开始远离他的家人。他不再回父母家看看，连电话也不打一个。就是他父亲说了不会用那台电脑，他也没想到要回去教他父亲一下。

但新太郎家祖上的坟墓、我家祖上的坟墓，我们还是常去祭扫的，我们认为那是非常重要的事。尽管我们愣头愣脑，我们旁若无人，我们不顾廉耻，但我们并非不讲秩序。

我们把自己的收入全都用在对方身上。不用说，还有心灵的一切，身体的一切。我们是快乐的，同时，我们还满身疮痍。我们是兄弟，是姐妹。当爱过于炽热，结果总会是这样。

我们不停地相互凝视，不停地相互触摸。我们能够清晰地记忆住对方的脸、肢体，以及对方的身体细部。至少我们自己觉得如此。

我们不仅用头脑记忆，还用手掌、用眼球。所以我们时常这么说：“要是这里有大块的黏土就好了，那我就可以把达令（或者是我的天使）的模样完美无缺地雕塑出来。”我们真希望自己成为雕塑家，或者是画家。

但这是件危险的事。当你盼望留住什么，这本身就意味着你所盼望的已经走到了转折点，那是它已经开始走向终点的信号。

我们必须义无反顾一往直前。我们不能回头观望，不能依依不舍。我们也不能背负任何身外之物。

开始的时候，我们都装出若无其事的样子。而即使装作毫无察觉，变化却难以避免。

何况我们以前也曾经那么缠绵难舍地生活过。

当我们两人都意识到这一事实，性交时多了一份怜惜，而接吻也变得伤感。

有时我在半夜醒来，整整一个小时呆呆地凝视着躺在身旁的新太郎；有时当我睁开眼睛，又发现新太郎正一动不动地注视着我。这时，我们互相意识到，我们将要失去对方。

对我来说，新太郎已经不再是新太郎，而是男人这个概念的全部，我想对新太郎来说也一样，我也不再是我，而是女人这个概念的全部，我们两人一心地走在一起。

于是我们一路走到了这里，虽然我们并非有意要如此走来。

当我发脾气的时候，新太郎变得非常温和；

当新太郎发脾气的时候，我变得非常温和。

“我爱你呀”，我们依然每天无数次这样对对方说，但这句话听起来只剩下伤感。

也许我应该和新太郎结婚，也许应该在看得见恋爱将要终结的时候，就开始去孵育新的感情，也许应该生儿育女。

从遇到新太郎的那天起，已有三年两个月。

早上，我睁开眼睛，发现新太郎正在哭泣。他问我什么时候离开这里，他说实在受不了不知道哪天我就会离去的生活。我爬起身穿上黄色的浴衣，倒上咖啡。新太郎一直在哭泣。他说他爱我，他说如果我离开了那他还不如去死。他说自己已经没有朋友也没有家人。

我把咖啡递给新太郎，然后紧紧抱着他的头，强忍着没有哭泣。

这是我们爱情的葬礼。

“如果可以在自杀和杀人之间选择，你会怎么办?”

我这样问道。“去死。”新太郎回答。我点点头：“好的。”

等到夜幕降临，我们牵着手走到屋外。

“一直朝前走，在汽车站那儿往左拐，就在那条小道上躺下，望着天空。”

我说。新太郎明白我的意思。

“知道了。”说着他便开始往前走。那是我钟爱的、帅气的背影。我望着他的背影，轻轻哭泣起来。

我坐到车里，系上安全带，然后发动引擎，换到起动挡，在夜色中向前滑行。我两手紧握方向盘，睁大眼睛注视前方。我孤身一人。新太郎也是孤身一人。我想象着新太郎仰卧在冰冷的柏油路上，仰望着星空，泪水泗流。

我想象着新太郎就这样一直等待着，直到狂乱的心情渐趋平静。

我想象着摇摇晃晃终于站起身来的新太郎，就此开始与我无关的生活。

我流着眼泪,在汽车站那儿向右拐去。

与新太郎无关的、我自己也看不清方向的新的人生。我驾着车向前方驶去。

严禁横置

川上弘美

东京都出身，毕业于茶水女子大学理学系。1994 年以《神》获得帕斯卡文学奖，开始步入文坛。1996 年以《踩蛇》获芥川文学奖。此后，单行本《神》又荣获 BUNKAMURA 多玛高文学奖、紫式部文学奖；《沉溺》获伊藤整文学奖、女流文学奖；《先生的皮包》获谷崎润一郎奖。著书还有《盛装游行》、《龙宫》等。

“防止液体渗漏，严禁横置”。

我横躺在床上，呆呆地望着这几个文字，总觉得这些文字有点耐人寻味。心想自己现在不也是“横置”着吗，不由得笑了起来。

“防止液体渗漏……”这几个字写在一瓶糖水桃肉的标签上。不过是一瓶糖水桃肉而已，这也太小题大做了吧，我感到有点滑稽。

我一直呆在永濑的公寓里。说是呆，其实应该说住在永濑的公寓里更确切。

我已经在这间公寓住了5个月之久了。

永濑是个谜一般的中年人。不过这只是永濑自我吹嘘的说法，照我看他可算不上是什么谜，也没有多少“中年”的感觉。

45岁，独身，公司经营者，结过两次婚，这些似乎就是“永濑”这个谜面的全部内容。此外，比我年长25岁，这个年龄却还独身，是个有钱人，和原来的太太们一共生了五个孩子（据说和第一个太太之间有两个，和第二个太太之间有三个），对我来说这些都不算是什么谜。

为什么我会在永濑那儿住了这么长时间，这倒更像是个谜。

中年这个词儿，似乎是永濑挺爱提起的。一个年轻人，如果总爱教训别人，或者正相反，平时总那么任性，那就会遭人讨厌、让人看不起。但中年人就不一样，中年人即使摆出了不起的样子说些大话，或者相反，有时说些没道理的话，大家也只会说：“啊，是吗。人家可是中年人啦，是老爷儿们啦，可真没办法。”总之大家对中年人的态度非常宽松。再有就是老人，不过大家都没把老人放在眼里，对于老人所说的，往往不当回事儿。

所以，永濑每当说起自己的事，总爱特意提上一句："我可是个中年人。"

我有点瞧不起永濑的这副德性。我觉得瞧不起别人的人，自己才是个傻瓜。当然，这个瞧不起永濑的我，也是傻瓜的同类。

那瓶糖水桃，是永濑和我做爱时用的。我这么说，也许会让人猜想，我和永濑是不是干着些什么变态的勾当？其实并非如此。那究竟该怎么说呢？

不管怎么说，我和永濑的那回事，应该算是极其普通的，虽然永濑会说，极其普通的东西是不存在的。如果用我所知道的做爱时的快感和身体的激烈程度，推算出一个平均值，那么我和永濑做爱时的状态，就和这个平均值完全一致。就像在众山之中，有一座高度恰好中等的山，而你就站在那座山的山顶，可以说就是这样的感觉吧。

但有一点不同。那就是做完爱之后的永濑，是个非常体贴周到的人。在做爱的正当口上，或者在做爱以前，非常殷勤、体贴，这样的人并不少，但完事之后变得更体贴，在我遇到的人中间，永濑是唯一的一个。

瓶装的糖水桃，就是永濑在做爱之后才用上的。那是永濑特意买来，让我在做完爱之后吃的。

瓶装的桃肉是从法国进口的(只有在广尾的一家叫什么名字的火腿店才有出售。为什么火腿店卖起了糖水桃，那实在叫人捉摸不透)，透明的玻璃瓶里，切成一半的黄桃浮在糖水中，大约共有二十片左右。是那种挺大的圆筒形的瓶子，平时总放在冰箱里，做完爱，永濑稍息片刻，便起身去取。

刚从冰箱里拿出来的玻璃瓶，表面上渗出一层薄薄的水珠，永濑打开金属的瓶盖，用银色的叉子，把切成一半的黄桃挑到白瓷盘里。我随意躺在床上，眼睛注视着永濑的一举一动。永濑光着身子，他的肚子上已经长了些赘肉，站直的时候还不起眼，但一蹲下，肚子上的肉就松松垮垮地挤做一团。不过永濑并不介意自己那个已经有些松懈了的肚子(至少没让人觉得他介意)。

"来，张开嘴，啊——"永濑边说边用叉子将桃肉切成小块，然后轻轻地让我把桃肉吸到嘴里。甜滋滋的桃肉一下子滑落到我的喉咙深处，还有那沾在桃肉上、比桃肉甜得多的糖水。

等我把切成一半的桃肉全部吃完，永濑钻回到我的旁边，又开始抚摸我仍有些发烫的身子。但这时的抚摸，不是那种能让我得到快感、或让永濑自己得到快感的抚摸。

要说让人得到快感的抚摸，永濑可是个相当的高手。我刚才说起的平均值，也含有和他人相当一致这层意思，但吃完桃肉后的那种抚摸，和所谓的平均值，那根本不是一回事。那种抚摸，有点儿冷淡，但又让人有些眷恋，怎么说呢，就像小时候躺在床上，母亲隔着被子怦怦敲打我时的那种感觉，既温情，又好像有那么一丝冷漠。

但我没有母亲。母亲生我的时候，因为产后恢复不良，死了。所以其实我并没有什么被怦怦锤打的记忆。就是所谓“产后恢复不良”，听起来也是那么可笑。父亲很忙，我一直是自己照顾自己。有时我觉得，永濑就好像是我的母亲。当然，永濑并不是我的母亲，而且其实我也很不喜欢做那样的比方，那只不过是我在无聊的时候比方着玩的。

我一直住在永濑那儿。我和永濑做爱，做爱以后永濑喂我吃桃子，桃子很甜，糖水更是甜得发腻。永濑经常和我谈论一周新闻、艺人的离婚事件、政治问题等等（我很爱看电视里的新闻节目）。永濑从不干涉我的事，我也不干涉永濑。我住在永濑那儿，心情到底愉快不愉快，我不知道。永濑觉得我怎样，我也不知道。永濑的这间公寓，空调很管用，房间宽敞，除了观赏类植物多了一点之外，都让人觉着不错。我每天都从公寓眺望窗外，但我基本上不外出。

住进永濑的公寓之前，我住在鸢夫那儿。鸢夫是乃里的男朋友，乃里是我高中时的同学，但我从高中退学后就再也没有和她联系过。有一天乃里偶然来我工作的店里玩，一起来的还有鸢夫。

那段时间我一直在神宫前的这家酒店里干着调酒师（不知道女孩是不是也能用这个词）的临时工，我有调酒师的资格证书。此外我还有珠算三级和剑道二级的资格证书，我在初中以前，一直是非常认真的。

鸢夫从一开始就纠缠我。乘乃里上洗手间的工夫，他告诉我他的手机号码，接着又要我的。

“我没有手机。”我回答到。“得了得了。”鸢夫说。他这么一说，我倒是想起有一种海龟就叫玛塔玛塔①。我心不在焉地想着，脸上不动声色。那是酒吧的服务规则，既要看上去显得事不关己，又要保持某种有所注意的态度。

乃里很快就从洗手间回来了，鸢夫装作若无其事的样子转过身去，之后再也没有和我搭话。但是第二天，店里的工作结束后，我刚跨出职员出入的店门，就看到鸢夫笑嘻嘻地站在那儿，挡住了我的道。

我顿时觉得两腿乏力，遇到这种时候，"自己的想法"之类的东西，便从我的大脑里消失得无影无踪。不过，所谓自己的想法，这些东西在我的脑子里，原本也只有一些残渣碎片而已。

"来啊。" 鸢夫这么一说，我便默不作声地跟着他走了。

"乃里呢？"当我问起的时候，已经是在鸢夫的床上了。鸢夫笑着摇摇头。自那以后，我们就再也没有提起过乃里的名字。

我在鸢夫那儿呆了两个月左右，当我发现鸢夫似乎正在计划把我"卖"给他的一个熟人时，我就离开了那儿。

我和鸢夫平时从不谈论政治家、地球环境之类的问题，而是经常说起鱼的事儿，因为鸢夫是在冈山县长大的，对鱼和其他海里的生物非常熟悉。

"那么，你知道玛塔玛塔吗？"我问道，鸢夫说知道。

我说："冈山那一带的海里可没有玛塔玛塔吧。"鸢夫说：

① 在日语里，"玛塔玛塔"海龟和上文出现的"得了得了"，发音相似。

“没有是没有，不过以前我在《小学生学习词典》上看到过。”

玛塔玛塔这个词有“皮肤”的意思，玛塔玛塔这种海龟的鼻子非常尖，它的甲壳最厚的地方能达到十五厘米，鸢夫告诉我。

平时，鸢夫说起话来很温和，而且态度也很温和。也许有人会说，这可算不上是真正的温和。但是，究竟怎样才算是“真正的温和”呢？

我不知道。但要把我“卖”给其他的男人，这我可绝对不干，我离开了鸢夫那儿。但我觉得鸢夫一直到最后都对我很温和。

鸢夫好像还找了我一段时间，但我辞了调酒师的工作，一个人辗转地换着旅馆。寂寞的时候，也和男人一起住。让我感到一起住住也无妨的，不是“男性”，也不是“男孩”，而是“男人”。虽然男人也好，男性也好，男孩也好，最终都是一个样，但我认为最初的时候有所分别，那是非常重要的。

就是这样，在一起住的“男人”中，有一个便是永濑。

“一直这样的话，还不如干脆到我那儿去。”永濑说。“嗯。”我回答，于是便住到了永濑那儿。

永濑的这间公寓，并不是他常住的地方。永濑是有钱人，他有好几处公寓，这只是其中的一间。这里几乎没有家具、日用品和永濑的衣服，只有电视机、床和冰箱。我一直开着空调，所以平时只穿一条T恤和平短裤。肚子饿了，就打开冰箱，把清田（定时来去的女佣）为我准备好的食物热一下吃了，但多半吃不了剩下。只有报纸是我让她带来的。永濑每星期来三次左右。

永濑来了之后，我总是劲头十足地和他说起这个星期的新闻，还告诉他这星期看过的电视节目（我喜欢看新闻实况、广角镜、动物世界）。不过永濑不知道什么是玛塔玛塔。

我说话的时候，永濑一边点头一边听，不管我怎样唠唠叨叨说个没完，永濑都显得很有耐心（我明白自己总爱唠叨说个没完，也知道这时男人大都装出一副在听的样子，其实并没有认真听我说话。但永濑不是这样，他一直认真地听着，合着我所说的内容点头，是个很少见的男人）。

“水菜看起来总是挺快活的。”永濑说。

“是吗？”我回答说。快活？快活到底是怎么回事？我真的不知道。说不知道，其实不如说我觉得怎么都行。

“水菜，你什么时候离开这儿？”永濑问。

“不知道。我会离开还是不会离开呢？要说什么时候，那到底是什么时候呢？”我回答说。于是永濑点点头，非常有耐心的样子。

那天晚上永濑也和我做了爱，完事后喂我吃桃子。永濑和平时一样，用那种既冷漠又温情的感觉，抚摸着我的身体。

“水菜，你也摸摸我的吧。”永濑说。

我摸了一下永濑的身体，感到有些胖胖的。我前面就说过了，永濑的身体已经有点儿松松垮垮的了。

“暖和吧？”永濑说。

“什么?”我问道，永濑默默地看着我的眼睛。

“人的身体。”永濑一动不动地看着我说。

我不太明白。永濑说的“暖和”，是指人和人之间(似乎)存在着的心理上的温暖，还是指人的身体所释放出来的热量，我不知道。也许他是指两者间的一种，也许这两层意思都有，但不管到底指什么，我都没有切实的感受。我的反应只是:哎，永濑又说些无关紧要的事。

但我还是说:“是啊，很暖和。”我的态度有些暧昧。

永濑一直盯着我的眼睛，听了我的话，他微微摇了摇头，然后又不易察觉地皱了皱眉头。

但永濑没再说什么。我用舌尖玩味着残留在口里、甜得发腻的糖水的滋味。永濑轻轻地叹了口气。

我从窗口看着外面。从永濑的公寓，可以看到外面的风景。

永濑的房间在二楼。这座公寓共三层，每个楼层只有两家住户。有时别人从外面看起来，会错把这座公寓当成是一幢比较大的一户型建筑。

我发现，再早些的时候，大约十点左右，有一个男孩每天都从楼下经过，那男孩长得和鸢夫有点儿像。

“早上好。”有一天，那男孩向我打招呼。已经是春天了，我敞开着窗户，外面似乎很暖和，但我只穿着 T 恤和平短裤，还是觉着有点冷。

“早上好。”我回答。别人向我打招呼，我总是认认真真地答复。我说过，我是个认真的人。

“你每天都在窗边。”男孩脸冲着上面，对我说道。

“每天都在吗？也许是吧，不过也许不是。”我机械地答道。

男孩笑了，我也窃窃地笑了起来。

“你叫什么名字？”男孩问我。

“水菜。你呢？”

“朝日。”

我说这名字可真怪。朝日点点头，我觉得，他点头的样子和永濑有点像，虽然长相接近鸢夫。

“《像朝日一样明朗》，你知道这首歌吗？”

“不知道。”

“我母亲喜欢这首曲子，所以就给我取了这个名字。”

哦，我在楼上答道。朝日微笑着，我也微笑着，一时两人都意思不明地微笑起来。朝日转身离去了。我呆呆地坐在窗边，赤裸着的手臂，感受到了春天的寒冷。朝日和永濑有点像，我又在心里暗想。像朝日一样地明朗，我喃喃自语。虽然春天的空气清爽宜人，但我还是关上了窗户。我拿过电视遥控器，按下按钮，电视里正播放着十一点的新闻，于是我凝神注视起新闻主持人那化着浓妆的脸。

朝日，我大概在梦里那样叫了。

“水菜，你这么想看朝日，我们下次去犬吠埼①的旅馆吧。”永濑这么说，我才明白。

“为什么去犬吠埼？”我不高兴地反问。我早上刚起床的时候总是心情不佳。永濑用手掌摇着我的胸脯，我恶狠狠地转过身去。

“朝日、朝日，你都叫了好几回了。”永濑说着，把我拉过去，又用手按住我的胸部，我的乳房左右摇晃起来。和我消瘦的身材相比，我的胸部显得很大，我很讨厌我的胸部，我的瘦弱的身材也让我讨厌，我的身体的所有部分几乎都让我讨厌。

“不记得了。”我冷冰冰地回答，永濑苦笑起来。我的胸部白晃晃地晃动着，永濑漫不经心不停地抚摸。

永濑坐起身来，去了洗手间。我用毯子裹起身子，心情依然不佳。我远远地听到永濑刮胡子的声音，叽、叽，和我父亲刮胡子时是一个声音。鸢夫刮胡子的时候，用的也是同样的剃须刀，但听起来不是这个声音。鸢夫的声音很轻，嘁、嘁。刮胡子的声音也会因为年龄而不同，真不可思议。

永濑穿上烫得笔挺的衬衫，扣上扣子，一边还哼着什么曲子。永濑哼的，尽是些我从没听过的旋律。我和永濑，充其量也就是出生时间相差了二十多年，竟然会有这么多的不同。我感到情绪非常不好，今天早上的每一件事，都让我

---

① 岬名，位于千叶县铫子市，伸展至太平洋，在临太平洋的岬角，建有日本最早的回转式灯塔。是观赏日出的著名景点。

讨厌。

遇到这种情形，往往我会一个劲地说“讨厌”，于是永濑就问：“水菜，究竟是什么，让你这么讨厌？”

闹钟秒针的滴答声，讨厌；报纸上的字格外大，特别容易看清，讨厌；我的头发生来就是茶色的，还那么细，讨厌；还有我那鬈曲着的阴毛，讨厌；永濑是个讲道理的老头，讨厌；春天到了樱花开了，讨厌；太阳又大又圆，讨厌。

永濑耐心地听我陈列无数个“讨厌”(但在我所陈列的“讨厌”中，真让我感到讨厌的一个都没有。首先，什么才是真正的“讨厌”，我自己并不知道)，然后，开始微笑，既冷漠，又温情的微笑。看到那种微笑，我好歹能安下心来。安下了心，就觉得那些“讨厌”的事，怎么样都行。所有的事情，本来就都无关紧要。

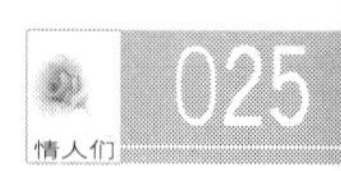

但是，今天我没有说“讨厌”。发一会儿脾气，然后等着永濑来安慰，这个仪式太麻烦了。永濑还在哼着小调，那首歌叫《移民之歌》，我记得以前永濑告诉过我。我想起，我的曾外祖母以前也是移民，她曾去过一次巴西，后来又回来了。“理想破灭了”，“折戟潦倒”，永濑的歌里尽是些古怪的词儿。

曾外祖母在巴西时身子垮了，回日本后过了没多长时间就死了。她的女儿也就是我的外祖母，是个没妈的孩子，吃尽苦头才长大成人。以后她的女儿也就是我的母亲，又是年纪轻轻地就去世了。再往下便轮到了我。

我也是个没有妈的孩子，是不是也是千辛万苦才长大成人的，对此我好像没有什么特别的印象。我就是那样长大

的，就那样成了今天的这副模样。永濑套上西服，收拾停当，拿起看上去很高级的皮包，走出门去。“我去了”，他向我招呼了一声。你走好，路上小心，我机械地回答，这些都是永濑教我的（我是一个人长大的，您走好、您回来啦，没有说这些话的习惯）。

要是被朝日抱在怀里，不知道是什么感觉，我这样想象着。已经这样想象了，其实和来真的差不多也就是一回事了。我是不是该离开这儿了呢，我移到窗前，心里琢磨着。离朝日路过这儿还有两个小时左右，我手里拿着装着柠檬水的塑料瓶，在窗前安营扎寨开始等候。早晨的阳光照在我的胳膊上，我胳膊上的汗毛发出金色的光泽。“只有老头儿的秃脑袋，正在闪闪发光”，我唱起了歌（我不会唱《移民之歌》那种曲调复杂的歌，这使我很沮丧），一口一口往嘴里灌着柠檬水。

永濑打了我。

因为我对他说了我和朝日做爱的事。

并不是我故意要说的。朝日在我身上画的一颗痣，还留着没擦掉，被永濑看到了，他便盘问我。

“你为什么打人？”

在动手的瞬间，永濑露出非常吃惊的表情，就像一个很小的孩子，看到一条巨大的鲤鱼跳出水面的时候，那种纯粹的惊讶。

“我为什么会打人呢?”永濑小声嘀咕着,此后便有些精神恍惚,再也没说什么。

我打开电视机,星期日的上午,电视里正在播猜谜节目。平安时代被人称为“八幡太郎”的末代武将是谁?江户时代被人称为“甘薯先生”的学者叫什么名字?腌制蔬菜时最适当的用盐量,以下哪个答案最正确:百分之三;百分之十五;百分之三十?

我一一报出答案(想不到我还真是个知识渊博的人),永濑坐在一旁呆呆地看着我。所有问题我都答对了,这表明我具有荣获猜谜比赛的优胜、赢得一张欧洲旅行奖券的实力。永濑一直注视着我。

“永濑你来这儿,一起看电视吧。”我嘴上这么说,心想要是你真坐过来了,我可别扭。

“讨厌。”永濑回答。

“永濑,吃点什么吧。清田给做了饺子,我去煎一下好吗?”

我不停地说着。这种场合,我总能口若悬河说个不停。

“讨厌。”永濑用同样的声调说。

“那么,我们做爱吧。”

这回永濑没吭声。我的曾外祖母曾经是移民,不知道那个时候有没有那首《移民之歌》。永濑你的肩膀容易酸痛,呆会儿我给你按摩。从现在往前推,第三位日本总理大臣是谁?我喋喋不休地说着。永濑一动不动地注视着我。

“你算了吧。”永濑打断我的话。

永濑说“算了吧”的时候，轻轻叹了口气。我的话被打断了，心里松了口气。

我心想永濑可真是个好人。

“水菜是个可怜的孩子。”永濑嘟哝着说。我心想，嗯，是吗？

“我，可真是个混蛋。”永濑又说。我还是这么想，嗯，是吗？我只是机械地这么想。

“水菜现在什么也没在考虑吧？”

确实，我什么都没考虑。但是，人在这时候需要考虑什么吗？

“我可是在考虑啊。”永濑说。

真的吗？真的吗？你在考虑？

“说是考虑，其实应该说是回忆吧。”

和水菜一起看的电视剧里的一个镜头；水菜肚脐旁边那颗小黑痣的形状；水菜脱下的T恤的皱褶；水菜做爱时发出的声音，回忆起各种各样的事儿。

“永濑，你喜欢我吗？”我问。

“当然喜欢，还用问吗。”

当然，这两个字永濑说得很重。永濑刚刮完胡须，脸上留下的印迹很明显；永濑整个脸型的轮廓非常分明，但我却只能想起这些。我不知道应该想些什么才好。永濑，于是我叫道。水菜，永濑回答。但是，我的声音里所包含的，和永濑声音里所包含的，完全合不到一块儿，我和永濑，我们都很清楚这一点。即使这样，我们还是很平静地叫唤对方的名字。

严禁横置，我在心里嘀咕，心想我该离开永濑这儿了。永濑今天也喂我吃了桃肉，和平时一样看上去总有点伤感。

呆在伤感的人身边，这我不喜欢。

“水菜，那个叫朝日的，你喜欢他吗?”近来永濑经常问起。

“没什么。”我回答。

永濑紧紧地抱住我，他抱得太紧了，让我喘不过气来。我心想，快点做爱不就得了，做起爱来就不会这么难受了。但是永濑没有做爱。

永濑只喂我吃了桃肉。

“水菜，真的很可怜。”永濑老是这么说。多管闲事，我很想这么回敬他，但忍住了没说。我觉得麻烦，而且我也不知道永濑说的可怜，究竟是指什么。

永濑的这间公寓挺不错，我想，永濑也挺不错，这五个月真不错啊，但所有的都是过去式了。为什么永濑那么介意朝日的事呢？我可一点儿都不介意。

“我为什么那么介意，你不知道吗，水菜?”

嗯，我答道。

“真可怜啊，水菜。”

永濑这么说着，他的样子看上去比我可怜得多，有点垂头丧气，有点肌肉松弛。永濑看上去确实是个好人。这个

人，以前一直就这么好吧，我心想。

“水菜，你离开这里吧。”一天，永濑说。

“嗯。”我马上回答。于是永濑说：“别那么快就回答嗯。”

“那么，我就不走了。”我装出一本正经的认真样说（我原来就是个认真的人，一本正经的认真样儿，很容易学会）。

永濑微笑了，不是平时那种冷漠的微笑，而是从内心感到高兴时的微笑。为什么永濑变得这样毫不掩饰？我感到很惊讶，但永濑看上去确实是那么毫不在意、毫不掩饰。这个能够做到毫不掩饰的永濑，真让我有些羡慕。

那天晚上我和永濑并肩坐着看体育新闻，永濑开了一瓶香槟，还为我煮了意大利面条，永濑做的东西很好吃。永濑一直用我茶色的细头发缠着他的手指，而我则吃着热气腾腾的面条。

第二天永濑去公司以后，我便收拾好行李（只不过是两个纸袋），离开了永濑的公寓。我已经很久没有外出了，我伸了个懒腰，凉鞋的后跟发出嗒嗒的声响。外面的空气有些黏乎乎的，街上满是灰尘。

我想回忆一下永濑的脸，可怎么也想不起完整来。我只想起永濑“啊啊啊”地唱着《移民之歌》时的情形。对了，此外还能想到的，就是那瓶瓶装的糖水桃，甘甜的桃肉，那糖水更甜。

“防止液体渗漏严禁横置”，那张标签真的让人觉得好笑。

真想再吃一回那桃肉，我这样想，一瞬间心里觉得有些寂寞。我又想，我是不是喜欢永濑？这样一想我就越发觉得寂寞了。不过，我很快就感到无所谓了。到底什么叫寂寞，其实我并不知道。

永濑再见，我喃喃自语，心里有些多愁善感。当我以前从别的人那儿离开的时候，也总是那样。虽然我并不懂什么才叫多愁善感。

“只有老头儿的秃脑袋，正在闪闪发光”，我唱起了歌。然后我在心里说，永濑，对不起。我还是不能完整地记起永濑的那张脸，我朝前面走着，心想自己可真是个无情的人。但是，我所能做的只是住在那里而已，我只能做到这一点。

我要再去找一份调酒师的工作，积攒些钱，然后去买一瓶瓶装的黄桃。我要用银叉子吃桃肉，让甘甜的汁水一滴滴地往下掉。

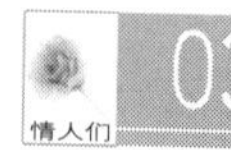

我两手各提着一个纸袋，慢慢地朝前走着。

请把那件驼绒大衣给我

谷村志穗

北海道札幌市出生，毕业于北海道大学农学系动物生态学专业。大学毕业后进出版社工作，开始从事执笔活动。1990年以《也许不结婚症候群》步入文坛，同书进入当年畅销书行列。以后又创作了《水族馆的鲸鱼》、《十四岁的婚约》等。近年其恋爱小说广受读者的好评。其他著书有《海猫》、《上课》等。

初冬的北国大地，像是饿坏了，张开巨口，等待着纯白无垢的雪花从天而降。空气仿佛也凝结起来了，寒冷异常。

咖啡散发出浓浓的香味，我们靠着白色的桌子相对而坐。窗外巨大的雪花纷纷扬扬地下个不停，好像硬是要把街上树与树之间的空间都给填满似的。早上的天气预报说,从今天起就会开始出现积雪。这就是说,一直到明年春天,在这条街上,所有的时间都将笼罩在一片白色之中。这片白色,既会闪烁出奇妙的光芒,也会默默地冻结成冰让人感受到严寒。

因为单身一人的时候是那么寒冷,所以据说生活在这片土地上的人们,有时很容易地便陷入到男欢女爱之中,然后又很轻易地分手道别。

眼下的这个男人,就准备在这初冬的季节,离开曾经是自己恋人的女子。

孝雄穿着一件灰色的直筒领毛衣,喝着咖啡。就在五分钟前,在这家紧邻着大学、我们不知来过多少次的咖啡馆,他已经开口说了:

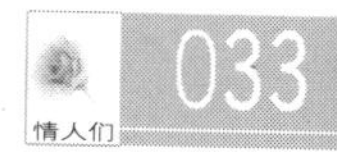

"还是就此结束吧,我们。"他看着我的眼睛,又补充说:

"和你在一起,我觉得时间就像是停止了一样。不,我指的可不是那层好听的意思。"

我没问原因。

我心里明白,我们之间是渐渐地、渐渐地疏远的。那就像一片片雪花慢慢堆积起污浊的雪堆,又像一枚枚薄薄的纸片终于叠成了一大摞。

最大的原因,我想就是因为他不再单独生活,而和同在一个曲棍球队的垣本住在了一起。当然,他们并不是同性恋。

有了同室居住的人,我就不能轻易去孝雄的住处了。一方面是为了怕打扰别人，但主要还是因为，孝雄不知为什么好像在躲着我。

以前曾经整整一个星期都呆在一起，后来变成一星期才见两次面、见一次面，眼看着见面的次数还在减少，我便不停地给孝雄打电话，但孝雄总显得态度暧昧。

“喂！”他拿过手机，大声叫到，让电话这头的我切切实实地感受到，他眼下的日子是多么的快乐。但当他听出是我，声高便“嗵”地下跌了好几度。

“啊，是美央，怎么了？”

通常就是这种语调。

也许是因为垣本就在一旁，他必须表现出他的男子汉气概吧，但有时我在电话里还能听到那儿混杂着女人的说笑声。

女人的声音听上去非常愉快，但电话这一端的我，挂电话时的声音只能用阴沉来形容。

“那，下次什么时候能见面？”

我问。

“啊，我不是说了吗，过几天我会给你打电话的。”

孝雄不耐烦地说，我想我们之间真的已经完了吧。

在大学上课时，我根本没有好好听，而是和坐在身边的美加里嘀咕个不停。一半是嘀咕一半靠传递笔记本，我把我和孝雄之间的状况告诉了她。

“这就叫，fade－out.”

我的女友美加里把笔记本传了回来。我的进化生物学笔记上，至今还留着这几个字。

“这就叫，fade—out.”

逐渐淡出，多么准确的形容，我感到心悦诚服，就像她说的不是我而是别人的事。

美加里凑近我的耳朵，继续说道：

“这个孝雄，可有些狡猾。恋爱不就是潘朵拉的盒子吗，一起打开的盒子，就要一起整理、一起好好关上，不然的话，那盒子可就太可怜了。”

美加里身上散发着柑橘型香水甜滋滋的香味。美加里是恋爱的高手，她可不会轻易陷得过深，她总是很擅长让男孩子在自己身后追逐。美加里的男朋友管叫她“美加里儿”，和她一起的时候总是笑眯眯的，眼睛都快成一条缝了。美加里也算不上特别漂亮的美人，但她就是有一种说不上的魅力，说起话来细声细气，好像是从鼻子里哼出来的一样。即使是学校食堂的咖喱饭，让美加里吃起来，看上去都是那么的优雅。她对什么都显得胸有成竹，而我则正好相反。

就在美加里下了“逐渐淡出”的判决的那天晚上，我实在忍不住了，直接赶到孝雄那儿。在他住的那幢简易公寓的楼前，我抬头看了看，只见孝雄的那个窗口灯火通明，因为还是夏天，窗户大开，从那儿传出朗朗的笑声。

“孝雄，我现在在你楼下。”

我用手机给孝雄挂了电话，意外地，那天孝雄像是很高兴，马上邀我去他的屋子。

“怎么了？那快进来吧，我正在和垣本一起做炒面呢，对

了，你也吃一点吧？”

“我不要。”

我说。我这还是第一次被邀请进了孝雄和垣本的新居。

两间六叠的房间①，其中一间还放着沙发，沙发的四周铺着灰色的地毯，还有一间是两人的寝室吧，我只觉得屋里挤得慌。不过想起来，以前孝雄住的是六叠的单间住房，我不也是一直和他两个人呆在那里吗？

两个男人，穿着运动短裤和T恤，站在厨房里忙乎着。房间倒还整理得干净，电视机前游戏机的电线拖得老长，地上散乱地扔着几本漫画，除此之外，和我以前经常去的孝雄的房间也差不多。

但我马上发现了一个根本性的不同，那就是现在的房里到处都贴着照片。孝雄张大着嘴巴熟睡的照片，垣本从浴室出来光着身子像在跳舞的照片，不仅是他们两人的，最多的还是一个女人的照片，她梳着长到下巴的新式发型，染成一条一条的，猫一样的大眼睛滴溜溜地转动，其中有一张，她穿着金色V字领的紧身毛衣，垂着细长的银质耳环，在照片里微笑着，简直就像是他们俩的女神。

就是这个人的声音，我想。

我打电话给孝雄时听到的那个听起来非常愉快的说笑声，一定就是这个人的，而孝雄，一定是被这个女人迷住了，

---

① 日本的和式房间，面积大小以地上所铺的草席块数来计算，一块称为一叠，约相当于1.6平方米。

我在心里想着。

两人开始吃起了炒面，我为那女人的事儿心里不痛快，什么也没说。

“喂，美央你不吃吗？分点儿给你吧。”

孝雄说着，没事似地用筷子夹起面条。看着他那若无其事的样子，我不由得撅起了嘴巴。

“对了，啤酒、啤酒。”垣本留意到了我的不快，也递给我一罐啤酒。我才喝了几口，脸上便开始泛红。

不久孝雄吃完了炒面，又“噗”地捏扁了啤酒罐，然后点上一支烟，说道：

“怎么了，你是？又是心情不好，看你那个样。”

“可是……”

“可是？可是什么？”

“孝雄，你可真狡猾。”

我说着，眼睛又朝贴在冰箱正面的照片瞥了一眼，偏巧我看到的是一张他们三个人在海边的照片，三人都穿着泳衣。孝雄今年还没和我一起去过海边呢。照片里的女人身着金色的比基尼，向前挺着腰肢，身材凹凸有致，简直棒得没话可说。

孝雄顺着我的视线望过去，用手指点着一一寻找，扑哧笑出声来。

“怎么啦，你，吃醋啦？垣本，你快告诉她吧，雅子的事儿。”

雅子？这名字让我觉得有些意外的，我也不知道她应该

叫什么名字才对，不过我想到的，至少该是纪香、早纪之类吧。

“什么呀，想不到你在吃雅子的醋。”

孝雄又笑了起来，站到冰箱前，又打开一罐啤酒。

“她可是垣本的女朋友噢。”

“可是，”我张开沉重的嘴，说道，

“可是……雅子经常来这里，所以一起去海边玩了？”

“偶然来过几次。我们相处得很愉快，对吧？”孝雄好像在求垣本开口帮忙似的，但垣本只是使劲嗑着下巴点头。

“可我也想去啊。”

我的咕哝声肯定很小。也许我这算是在闹别扭吧，但这么小声咕哝一句，是我尽了最大努力才做到的。要是以前，孝雄一定会抚摸着我的头，说，你真可爱啊。

但是，这时的孝雄，马上眯缝起一只眼睛，像是轻微痉挛似地眨巴起来。这是孝雄心情不快时的习惯动作。

“我说你，现在不是也来这里了吗？海边不是也去过吗？像个间谍似的在这儿一一审查，这到底算是怎么回事儿？”

孝雄掐灭了香烟，垣本忙制止说：

“抱歉抱歉，那时要是也叫上美央就好了。不过，雅子是有工作的人，只有星期三才休息，说起来，这都是因为她干的是服装业那一行。孝雄说了，每星期三美央要去业余打工。”

确实我每星期三都要去做业余教师，在那个戴着眼镜、歇斯底里的母亲面前，给她的神经质的女孩上课。但我星期三的工作也不是绝对不能换一天的。不管是星期几，毕竟我一次都没受到过邀请。

孝雄过他自己的星期三。

我过我自己的星期三。

我们所度过的时间，就是这么错开的，我心里想。

尽管那样，那天晚上从孝雄住处回来，还是孝雄开着摩托把我送到家的。

我已经很久没有那样搂着孝雄了，我记起了他身上那干草似的味道，还有硬邦邦的脊背，鼓起的嘴唇。对了，那天在回家的路上，我们并肩坐在河堤上，接了一个吻。

“对不起，让你担心了。”

那时，孝雄这样对我说。

“雅子长得真漂亮。”

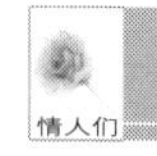

我好像有了些自信，说道。于是孝雄像是很高兴地做着鬼脸：

“那人，可会扮怪样了，总是毫不介意地把鼻子，挤成这样”，他说着，用手指往上挤着鼻尖，扮作猪的模样。

孝雄说，最初觉得那人年纪可不轻了，而且挺花哨的，心想垣本也真够大胆。不过，后来雅子来我们房间，倒是挺自然，有时给我们做泰国咖喱饭，有时还会自己随便从冰箱里拿啤酒喝。

“倒像是顺便来酒吧玩一下似的。看，这也是她送的。”

他这么一说，我才发现他身上那件白色的衬衣我从没见他穿过。虽然是白色的，但看上去好像挺高级，纽扣上还印着意大利名牌的字样。

“她说是公司内部价，所以就买了，还送了我一件。”

“挺合身啊”，我说，心里就像打了败仗一样有种说不出的感觉。那不是很正常的事儿吗，我心想，雅子是个成年人，她做的饭菜肯定可口，又有女人的魅力，还会用公司内部价买来名牌衬衣，不过为什么这样一个人，她的男朋友会是垣本呢？垣本人确实不错，但他长着张班比①似的脸，那么天真憨厚，是大学里到处都能看到的那种类型。

“今年夏天，也带我去一次海边吧。”我说。

“哦。”那天晚上，孝雄回答我说。

但结果还是没去成。

有时我们在大学里见面。孝雄经常参加曲棍球队的集训，晒得一天比一天黑，但我的皮肤却依然是那么地白，我们俩的距离，就从这点上也能看出来。一对恋人，应该有同样的肤色，在同样的肤色中融为一体，那才是两人相处得甜蜜的证明。

秋后的第一个星期天，我和妹妹一起去市中心买东西。母亲各给了我们 5 万日元，说是让我们去买件大衣。妹妹想要一件带兜帽的厚呢大衣，但我想要领子那儿围着毛皮、细身型的那种。我们在市中心一家家挨着找百货店，我忽然看到那家名牌专卖店，就是孝雄上次穿的衬衣的牌子，店的四周用厚重的原色木柱子围着，充满了高级感，与近邻各店完全不同。也许……我心想。

---

① 对可爱的孩子的称呼，源自迪斯尼长篇动画电影中的主人公的名字。

也许雅子就在这里工作吧?

我的心脏跳得像快鼓,但我还是一扭身进了店门。

“姐姐,这儿的大衣肯定很贵哦,不行吧? 啊,真叫人紧张。”妹妹说起话来总是那么天真烂漫。我装着在店里挑选大衣,眼睛却四处张望着那些身穿黑色制服的店员。

一个店员在西服柜台一带整理着衣架,一个店员正在接待顾客,还有一个,中等身材,在收款台旁一边翻着文件夹一边接电话的女人,那是雅子,没错。就是那个发型,虽然今天戴着眼镜,但那对大眼睛,和照片上的一模一样。她的指甲涂成红色,留得很长。

“好的,我明白了。”

雅子轻声说着,挂了电话。不知是感觉到了我的视线,还是一般招呼客人的动作,她似乎向我轻轻低了一下头,不过她并没有朝我这儿走来。

我越发兴奋起来,牵着妹妹的手走近前去,在收款台附近的大衣陈列处,我看到了一件驼绒大衣,柔软而有光泽,料子非常考究,那件大衣实在太漂亮了。

我心想就一次阔气,把妹妹的那份钱也没收了买下那件大衣,但不知为什么,我突然大声地说:

“孝雄肯定不会喜欢这个颜色的。”

说着,我朝雅子那个方向瞅了一眼,但雅子对孝雄这个名字没有任何反应。是啊,孝雄这样的名字,哪儿都能听到。而且对雅子来说,孝雄只是一个普通学生罢了,孝雄不过是一个人在那儿瞎激动而已。我这样一想,心里越发觉得可怜。

走出店门，妹妹怄气说：

“姐姐，你今天怎么有些怪怪的。”

结果那天我什么大衣都没买，反倒是借了一万元给妹妹买靴子。妹妹又嚷着要吃水果冰淇淋，那又是我请的客。

那天晚上，站在收款台旁的雅子那修长的双腿，红色的指甲，稍稍有些疲劳的神情，有点蓬乱的头发，她的身影总是残留在我脑子里。不是我不服输，那天见到的雅子，虽然还是那么有魅力，但却和照片上的那个生气勃勃的样子正相反，看上去好像有些忧郁。

那天晚上，孝雄很难得地打来了电话，但我没有告诉他见到雅子的事。

不过我还是不动声色地问：

“啊，对了孝雄，雅子好吗？”

“怎么了？”

“没什么，我无意间突然想起来的。”

“嗯，好像没什么不好吧？垣本还说要让她来选成人式[①]上的服装……不过，听说不久前雅子还和别人闹过婚外恋呢。听到这个，我一下子就清醒了。”

孝雄清醒了？那又怎么样？我心想。但我已经不那么心神不定了。

---

① 日本法律规定20岁为成年年龄，每年一月份的第二个星期一为法定成年节，年满20岁的青年在这一天都将受邀参加各地政府组织的成年仪式。

我挂上电话，走到镜子前，挽起脖子间的发际，换上黑色的短外套和裙子，又拿出初中时用过的眼镜戴上，然后将嘴唇涂成鲜艳的红色。我踮起脚跟，又照了一下镜子，看上去自己的腰身一下子就收紧了不少。

婚外恋之类的事，是我至今为止连想都没有想过的事。我觉得，自己就要成为一个大人了，这就像一个紧急课题那样，突然出现在我的面前。

垣本喜欢雅子，但雅子喜欢一个我所不知道的男人。

我喜欢孝雄，但孝雄……一定是喜欢雅子的吧，我心里想着，不由扑通倒在了床上。

妹妹穿着新买的带兜帽的大衣，套着靴子，门也没敲就走进我的屋子，看到我睡着，便悄悄地为我关上了灯。第二天早上，我看到她留在桌上的字条：

“姐姐，一直都要感谢你。希望你能快点找到孝雄喜欢的大衣。你可爱的妹妹。”

我和雅子正式见面，是这以后不久的事。

去薄野[①]的成吉思汗烧烤店吃烤肉吧！孝雄打来电话。

“是雅子突然这么说的。垣本说，把美央也叫上吧。”

匆匆忙忙的，我总算收拾妥当了。没有穿那套黑色的衬衣和裙子，我选了一件米黄色的衬衣，胸前敞着两颗扣子，再

① 薄野是札幌市中心的繁华区。

套上细腿牛仔裤，卷起裤脚，配上茶色的靴子。我想，这样我一定显得比平时成熟些。

不过，说要去吃成吉思汗烤肉，这可真是个古怪的建议。

小时候到是去吃过好几回，不过当地人一般不会特意到那儿去吃烤肉。

我按照孝雄告诉我的位置，走进薄野的一条小胡同。那店看上去又旧又窄，蒙蒙地冒着烟，店内的桌子围着厨房铺开，每个座位的椅子前都放着加了炭的炭炉。店里只有一个下了班的公司职员模样的客人。孝雄他们还没到，但我刚坐下，他们三人便一拥而入闯进了店门。

“耶！成吉思汗啦。”三人举着手叫道。眼前的雅子和上次在那店里看到的，印象到底完全不一样。

我已经融不进他们的气氛了，只能随着他们的劝酒声喝着生啤，并开始烤肉。

成吉思汗烤肉店的生肉，并不是将冷冻的肉切成大片，而是弄成形状不一的一小块一小块，然后再配上洋葱片等蔬菜而已，但味道好得让我啧啧称奇，光是洋葱和烤肉，就很快消灭了一大盘，再看他们三人，早已开始喝第二杯啤酒，装肉的空盘子也都已经叠起来了。

“那我也再来一份，太好吃啦。”我对孝雄说。

“是吧，以前雅子就告诉过我。”孝雄好像早就熟悉这家店了。

即使是成吉思汗烤肉店，名古屋出生的孝雄，也比我这个札幌当地人，更能享受这儿的美味。一个人在享受美味的时候，会不会想起自己的恋人？在看到美丽的东西的时候，在快乐的时候，当内心受到感动，便会不由自主地想起对方，这才算是在恋爱吧。我在报上看到过，据说意大利的学者曾经做过调查，恋爱中的男女，每天平均会思念起对方十三次。

我肯定多于这个数字。

孝雄恐怕不到。

不过，算了，我们现在正在一起，吃着成吉思汗烤肉呢，我重新打起精神。

进了店之后，大家都烤了吃、吃了烤，忙得不亦乐乎。特别是雅子，只顾着自己，又是喝又是吃，不停地添酒加菜。最后她拍着像狸子般鼓起的肚子，伸出舌头舔了舔口红全褪了的嘴唇：

“哎，真央，啊不，是美央吧，我们再喝一杯吧。”她用低哑的声音对我说道。

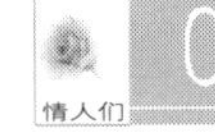

我去她的店里窥探的事，她似乎没有一丝记忆，于是我放下了心。

她一个人在账台很快付完了账，然后走出店外。我看了看孝雄和垣本，他们好像压根就没有自己付钱的意思。我站在雅子身后，拿着钱包，雅子说：

“不用了，今天是我请大家来的，而且这里的东西又便宜。”

我看了一眼收款机显示的数字，四个人那样大吃大喝，才花了一万二千八百日元，确实很便宜啊。我心想，成年女人玩起来都这么在行。

“那，下次我们请客。”

孝雄和垣本说着，两人勾肩搭背溜达着朝前走去。

“我想去大通公园!”孝雄说。

“真冷啊，呜呼呼——”垣本不知道因为什么事乐得直扭身子。雅子缩着双肩，看着我。

于是我们四人在人群中穿梭着，朝公园所在的大街方向走去。大概是因为我们被烤肉店的烟熏的，身上有股难闻的味儿吧，路上时常有行人回头看我们。不过我心想也许是因为雅子长得漂亮，才引人注目的。

穿过薄野，上了大街，两个男人各朝各的方向跑开了。不久孝雄在哪个自动贩卖机里买来了罐装啤酒，垣本也提着便利店的塑料袋，买了些吃的来。

在他们离去的时候，我停下脚步，想要等他们，但雅子说：

“我们也朝前走吧，反正是一个方向，大家一点点往前走不就行了?”她说起话来仿佛格外有说服力。

我想我已经丝毫不讨厌雅子，而且能够理解孝雄的心情了。

我们四人坐在大通公园的草坪上，用啤酒干起杯来。

干完了杯，孝雄和垣本两人不知为什么，又朝着东面跑去。

只留下我和雅子在那儿。雅子点燃香烟，望着夜空。

“啊，你看你看，今天的月亮多漂亮啊。那么细细的，让人觉着虚幻无常。”

“是啊，今天是下弦月。”我也一本正经地说。

“对了，真央也是大学生，脑子聪明，真了不起啊。”

“我叫美央。”

但雅子一点不介意似的，继续说着：

“真好啊，你们的人生还刚开始，想去哪儿就能去哪儿，想成为什么人就能成为什么人。看上去就像一点没受过污染一样。”

我已经不愿再隐瞒了，便把那天去雅子店里的事说了。

“对不起”，我真诚地道歉说。

“噢，怪不得，今天看到你的时候，总觉得在哪儿见过似的。”雅子睁大眼睛看着我。

“我呀，太喜欢那儿的、我们公司的服装了，就这点怕是不会变的。”

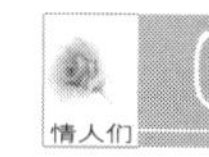

她像用两手抱住自己那样，说道。

“你为什么对我说这个？”

“是啊，为什么呢？因为看到眼前的真央，自己心里挺着急的吧。”

雅子不仅又把我的名字叫错了，还傻呵呵地乐了起来，说道。

月亮四周蒙上了云彩，发出暗暗的银光。已经快是冬季了，才能看到这样的月光。

“到去年为止一直呆在东京。在东京的店里谈的恋爱，又失恋了。回到这儿，还是在同一家公司的店里工作。”

“那现在，你喜欢垣本吗？”

我像是成了一个审讯官。

“挺不错吧，他。算不上那么有魅力，不过蛮懂得浪漫的。经常送我一些漂亮的小礼物，好玩的照片，自己画的画儿。有时还会在录音电话里留下话，说什么今天实在太棒了，嘻嘻，都是些挺色的话，有时又会说些鼓励我的话。所以，我也尽我的能力为他做些什么。就这样也不错吧……不行吗？”

“唔。”

我随手打开一罐啤酒。醉意一下子涌了上来，让人心情很愉快。草坪冷飕飕的，还有些潮湿。

“对了，真央，你去我们店里，想买什么？”

“大衣，但是价格太贵了，没买成。”

“我用内部打折卡替你买吧。”

雅子这么说，怦怦地拍着我的肩膀。

“要买大衣，还得买好一点的。那个，以前古巴危机时的卡斯特罗，你知道吧？”

雅子便从头说了起来。那是1962年的事。美国、古巴还有苏联，三方在十三天的时间里，陷入到异常紧张的状态中，无论哪一国的领导人，只要按下电钮，就会引起包括核武器在内的世界大战。当时美国是年轻的肯尼迪，苏联是赫鲁晓夫，古巴是卡斯特罗，三人在最后一刻，决定放弃战争，并且信任对方所作的决断。战争终于避免了。

过后不久，卡斯特罗给赫鲁晓夫写了一封信，

“据说您的国家会下雪。我想什么时候我也能去看看。”

信上这么写着。

后来，卡斯特罗真的踏上了苏联的土地。当他从飞机舷梯上走下来的时候，天上正下着雪。卡斯特罗举起双手，像要接住飘落的雪花。

“那时，卡斯特罗先生，就穿着一件非常非常棒的大衣。”雅子一下子又回到了现实中，说道。

“这些事儿，都是我从别人那儿听来的。是我喜欢的那个人，他出生那年发生的事儿。他曾对我说，你也是在那样的雪国出生的吧。恋爱，有时真会给人带来诗意。”

我侧着脑袋听着。

“但我觉得，恋爱就像是一场争斗。”

我正这样说着的时候，孝雄和垣本又从我们眼前穿过，这次他们是向西边跑去。不知道是什么好笑的事，只见两人又乐成一团。他们是在继续练着他们的曲棍球吧，要不，就是在继续着他们的美梦？

咖啡店的老板用围裙擦着手，走过来收我的杯子。他像是特意走近前来，给两个沉默不语的人开口说话的机会。

“还要一杯吗？”

孝雄抬起头，怎么样？他做出这样的表情，嫌麻烦似地看着我。

“不用了，我得回去了。”我说，很轻地叹了口气。

“是吗？”

孝雄说，他的表情明朗些了。

我依然觉得，恋爱就是一场争斗。输的总是陷得太深的一方。

但是孝雄，我们都曾为了进大学而拼命努力，终于走到了今天，我们好不容易相遇、相爱，至少在我们两个人相处的时候，即使时间停了下来，又有什么不好？但孝雄是个特别要强的男孩，正因为这样我才爱他。

“人生可真残酷啊。”

我最后只说了这么一句，便拿起账单走到账台前。最后这一次也不妨让孝雄破费，但我想学学雅子的样。

“‘人生可真残酷啊’，没想到，你也变得挺能说的……其实我真的是说不清，也不是喜欢上了其他人。只是……”

“嗯？”

“嗯，我觉得我们到底不像是在朝着相同的方向往前走。”

不知道为什么我感到似乎获得了解脱，变得轻松起来。外面还在下着洁白的雪花，两人分手后，朝着不同的方向走去。街上显得那么寒冷。

我朝孝雄挥挥手，向大街方向走去。我在银行取出了所有的钱，然后走进曾去过的那家店，雅子在那儿。

我一直往里，走到她身边，皱着眉头说：

“我被甩啦，被孝雄。”

“嗯？是吗？”

雅子瞪起眼，眼睛显得更大了。

“所以，雅子，请把那件驼绒大衣给我。这是我所有的钱了，不够的部分，我每月分期付款。”

雅子打开白色的银行信封，数着里面的钱。

“足够了，因为我可以用职员优惠卡呀。”雅子凑到我耳边悄悄说。

我闻到淡淡的香水味道，耳际被搅得痒痒的。

雅子非常仔细地为我选了一件大衣，然后跪着为我丈量着尺寸。

我一下子觉得很感动，我想这就是所谓的职业精神吧。

结完账，雅子又拿出另外一个袋子递给我，是同一个牌子的白色围巾和手套。

“这是我送给你的。真央穿这件大衣，还是显得岁数大了点儿，所以在脸旁围上白色的围巾，那就更漂亮些。”

我就在那儿，当场换上了驼绒大衣，并让雅子把以前一直穿着的那件红色大衣包好了。

然后我出门走上了大街。傍晚了，大雪还在下着，已经把大地全吞没了。

这个冬天，我失去了我曾拥有的。别扭的恋情，缺乏浪漫的恋人。

这个冬天，我得到了别的东西。漂亮的大衣，还有，对于成为一个成熟的大人的憧憬。

我向灰色的天空伸出双手，想要接住飘落的雪花。

等待还是离开

安达千夏

山形县出生。1998 年以《我需要你》获昴宿文学奖，正式走上文坛。作品通过性爱表现描绘了被排挤在社会组织之外的男女们的羁绊，受到文学奖评选委员们的好评，成为当时人们的话题。其他著书有以静谧的文笔描写男女关系之极限的长篇恋爱小说《吗啡》等。

那是一种丧失感。在男人从体内离开的瞬间，这个平时意识不到的所在，确确实实地被空洞的感觉所穿透。每次都和最初的体验一样，首先为他的消失而惊慌，接着马上便感受到那余韵尚存之处的空虚。织江伸手紧紧抱住刚离开的男人。这时男人往往会笑起来，还不满足吗？然后伸过手来搂住织江的肩膀或者脖子。有时，男人也会强忍着睡意，轻轻抚摸织江的头发。不久，当上升的体温渐渐恢复了正常，缠绕着织江的丧失感也随之消失了，织江承受着男人压在自己身上的沉甸甸的胳膊，看着他拼命忍着哈欠挤出的笑容，觉着非常满足。

但是满足的心情能持续多长时间？不见面的日子究竟能忍受几天？织江不知道。反正从和他挥手道别的第二天起，织江就翻开记事本开始计算日子，没有一个晚上不是想着他而入睡的。所以，要找到那个满足的感觉开始消失的时点，并不是件容易的事。留在肉体内侧的记忆以及那份丧失感；时不时会有的一些琐细的发现；独自一人沉浸在回忆中的笑脸；急欲见面时的焦躁、不安和失望；成年人的理智，等等。种种情绪眼花缭乱地交织在一起，简直要让织江发疯。

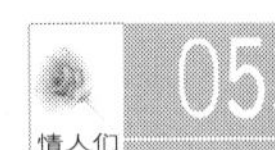

织江闭着眼睛在长椅子上仰躺了好一会儿，竖起耳朵听着男人收拾穿戴的动静：套上薄棉短裤的声音、拉上拉链的声音、做完运动后畅快的深呼吸。

“你这样，是还想诱惑我吧？”

织江左右摇了摇头，长椅子表面的皮革在脑底下吱嘎吱嘎地发出声响。

“那就快把衣服穿上吧。”

“那是让你剥下的……”

“织江也不协助我了吗。”

“相反，我抵抗了。”

是吗，男人说着，用左右手掌盖住了她的乳房。

“先得把这些该遮住的地方遮起来。”

“我怎么觉得腰腹那儿凉飕飕的，是心理作用吧？”

“我的双手已经被占用，剩下两只脚还能效力。”

“不许那样。”织江闭着眼睛，笑了起来。

“让你赤身裸体，我是有责任的。”

“那就请把刚才扔下的内衣捡起来。”

“只要内衣吗？”

“全部。”

“你现在还是一览无余，我可以把手放开吗？”

“允许。”

男人将几件衣服搭在织江赤裸的小腹上，织江薄薄的腹肌感到凉丝丝的。织江慢慢睁开眼睛，寻找着男人的身影。这间一居室的房间，是男人为工作繁忙回不了家的时候而租借的，房里有两盆绿色植物、放着电脑的写字台、简易床铺、书架和装饰橱。织江没有找到男人的身影，而是听到男人在厨房里哼着曲子。织江把视线停在了装饰橱上。男人有收藏玻璃镇纸的爱好。他说因为要对妻子保密，所以只能把这些收藏品摆放在这间房里。但织江根本不相信这话。他的妻子肯定常来这儿探访，当然，那不会是为了搜查他的秘密收藏品。

织江突然感到有一条强烈的视线正在注视着自己，她抬头朝着装饰橱的最上层望去，发现那儿有一对深蓝色的眼镜。那是一只色泽淡雅柔和的、金色的玻璃制猫头鹰，双眸圆睁，正紧盯着自己。

“怎么，你还光着?”

男人把一只装满水的玻璃杯放在书桌上，然后轻轻地在长椅子的靠手上坐下。

“不是说约好了马上还要和人见面吗?”

“你还记得? 那还把我的胸罩弄得这么皱。”

“约好了几点?”

“你想早点赶我走?”

男人拍拍她的膝头，

“还有十分钟就到六点了。”他说着站起身来，整个身影都罩在了织江的身上。

“一般总是约在一个整点的时间见面。”

“我们约好的时间是七点。我说，那个……，那个金色的猫头鹰，是最近买的吧?”

织江指着那儿的猫头鹰说。男人将胳膊伸到织江的背下，把织江的上身扶起来：

“你还是第一次问起我的收藏品的事吧?”

“我又不是你太太，你的收入都花在什么无聊的事儿上，我可管不着。”

男人垂下眼，朝装饰橱那儿看了一眼，伸手拿过那个大个儿洋梨般大小的猫头鹰镇纸，像递一只水果似的把它交到情人的手里。那是一只身体部分被简化了的猫头鹰，没有翅膀也没有脚，脸部占了全体的一半以上，纤细挺直的鼻梁两侧，镶嵌着两只巨大的眼珠。

“我还以为完全是金色的呢，这么凑近一看颜色还挺复杂，下边儿的花纹是透明的，红的绿的蓝的，还有白的，是杂花图案吧。”

“传统的威尼斯玻璃图案，再配上金色的透明玻璃。在形成曲线的地方，就像凹凸镜那样，随着不同的观察角度，花纹会产生微妙的歪斜。”

“你是喜欢那种歪斜感，所以才买的？”

“是因为喜欢那些隐藏在下面的图案，不拿在自己的手里仔细观看的话，就看不清楚。最初在店里看到的时候，我也以为它是单纯金色的猫头鹰呢。”

“具有独占欲的男人，会让女人讨厌的哦。”

“只有自己才知道、只有自己才理解的东西，难道有谁不希望拥有吗？”

“我就不会贪恋任何东西。”

织江说的不是真心话，男人叹了口气。

“没有自己想拥有的东西，这真的可能吗？”

织江把猫头鹰还给它的主人，然后两手拿起胸罩，像准备晾刚洗完的衣服那样，甩动了两三次：

“是啊，至少现在，我还是有所要求的。接下来的时间，我想一直待在这里，把待会儿要和客户见面的事扔在一面，就这样什么也不穿，裹一条毛毯，和你一起谈个够。”

“这，可是难办啊。”

“……那么，你就得感谢我的性格了。”

说着，织江开始默默地穿衣打扮，为接下来的工作准备起来。

“那个人呢，怎么样了？”

织江把脱下的长筒丝袜扔在门口，刚从冰箱里拿出水来，穿着睡衣的室友便开口发问了。“不管看上去多能耐的男人，在自己太太面前都抬不起头来吧？”

“那个人？你说的是谁？”

“别装模作样了，那个有老婆孩子、怕老婆怕得要死的没出息的男人，织江自己不是都说了吗。”

表姐京香光着脚，啪嗒啪嗒地走过昏暗的过道，把织江的长筒丝袜捡了回来。

“也不管什么地方，脱下袜子就乱扔，你怎么变得像个臭男人一样？”

“等会儿再捡不就行了。我喝了酒刚回到家，口渴得要命，我想先喝口水，然后洗澡的时候会好好放在洗衣筐里的。那可是我的宝贝丝袜哟，京姐。”

为了一份单纯的企业广告合同，织江陪着对方一直喝到深夜。对方把膝盖靠着织江的膝头，边喝边问些“每星期和男朋友约会几次”之类的庸俗问题，而织江还得装出害羞的样子，作一番表演。所以每次招待完客户回到家里，织江总要用蔑视的语言将那些有家室的男人大骂一通，发泄自己的郁闷。而担任听众的京香早就明白，无论明天有什么事需要多早起床，不等到织江回她自己的房间，那就甭想睡下。

“看看，这就是29岁的女人喝醉时的嘴脸，真是讨厌。”

“我说，京姐，穿着长筒丝袜那么不舒服，可大家为什么愿意忍受？你不知道吧。”

织江把喝干了的水杯放在桌上，脱下套装的上衣，扔在地上。

京香赶快捡起衣服，说道，这种事儿随你怎么想都成。

“原因就是，在内裤外再加上一层，能让人放心。裙子可是最适合强奸的服装。我今天晚上就曾遭到了袭击。”

“得了得了，快去睡吧。”

“喂！你这个同性恋美女，好好听我的忏悔。”

织江一件件地褪去衣服，只剩下了内衣。

“今天，我又和有老婆孩子的男人发生了性关系。忏悔完毕。”

说着，织江筋疲力尽似的坐在了地板上。

“我不行了，困得要命。”

“我来帮你……来，好好走，离床还有2米。”

京姐你不想和有夫之妇来一段婚外恋？说什么呀。那你就能理解我的心情了。我可没兴趣理解。京香让表妹横躺在床上，急着要遮住她那半裸的肢体，便抓过一条毛毯把她盖得严严实实。

第二天早上，京香露出平时不多见的严肃表情，看着正用牛奶吞下头痛药的织江，说道：

“你可不能真心爱上男人。”

“大清早的，还没说早上好，就要对我进行同性恋的洗脑教育?”

不是这意思,京香边把健身服塞进包里,边说。

“你如果真心爱上男人,那今后只能等着受他支配了。我不过是想这样忠告你而已,看你昨天晚上那么不好受。”

“如果男人爱上女人,就不会有这样的问题了?”

“就现在的社会结构而言。”

女人曾经和食品、调味料、黄金一样,是可以被买卖、被转让的物品。娶个媳妇、招个女婿,以此作为成“家”的标准,现在的这种思维方式,不就是过去遗留下来的残迹吗?有什么要反驳的吗?京香说,自己不久要参加一个舞蹈大会,所以在去给学生们上课前,想先把那些舞蹈动作给搞定,说着拿起拎包和车钥匙朝房门口走去。

“织江,你冷静想一想吧。和你交往的那个男人的太太,虽然我不知道是个怎样的人,但我想也许她并不那么幸福。”

门关上了。织江用中指按着痛得血管直跳的太阳穴,心里咀嚼着表姐的话。

(你如果真心爱上男人,那今后只能等着受他支配了。)

这句话,在上班路上,在查看电子邮件的时候,在公司开朝会的时候,在忙着招待来客的时候,在织江的耳畔不停地回响;虽然声音渐渐地变得低沉、变得像耳语嗫嚅,但好几天,这句话都顽固地占据在织江的意识的一角。

自上次幽会过了一个星期,当不安和孤独感又开始萌动的时候,男人又打来了电话。一切尽在预料中。织江推掉了和女友约好的聚餐,在公司的盥洗室里将早上抹在手腕上的

香水仔细冲洗干净，然后去了他的房间。男人说只有两个小时的空隙时间，这之后还得返回办公室，说这话时，男人的手已经伸进了织江的裙子。

被男人搂抱的感觉并不坏。织江听任男人的手在自己身上滑动着，身体绷得紧紧的，等待着始发点的来临。同时她的大脑也在不停地运转。在我眼前、这一刻的这个男人，他那在家等候的太太是从不了解的。也许他的太太以为他今天会早回家，正在准备丰盛的晚餐吧。男人抱着他太太时会是怎样的光景？实在想象不出。他的太太只是在笼中等待而已。他上下折腾搅乱我肉体的平静，用可称之为奉献的方法穷追猛打。每次邀我来到这里，一定会发生肉体关系。曾有一段时期我也为此而感到苦恼。只为了解决性欲？只为了寻欢解闷？但是，他需要我。我们没有充足的时间，所以想要尽快共享更为浓密的欢乐时光，就会直截了当地着手开始肌肤相亲的行为，这是很自然的事。今天，他也是在繁忙的日程安排中匀出时间，不是和他的太太，而是和我共享。

“想要的话，就送给你吧。”

男人穿上衬衣说道。一直盼望着见面的织江，好容易见了面，直想紧紧搂住男人，但男人阻止了。他身上的衬衣脱下后可是仔细地挂在椅子背上的。穿着和刚才不一样的衬衣返回公司，那不行，要是衬衣上染上口红，或者弄成满是令人生疑的皱褶，就更不妙了。织江不由得感到一阵轻轻的寂寞。

“想要的话？要什么？”

“你不是一直看着那只猫头鹰吗?”

“我可不光看了猫头鹰,橱里的全看了。那只猫头鹰,是你最近才买了的,不心疼吗?”

今天织江老老实实地穿好了衣服。织江走到装饰橱边,对着金色的猫头鹰说道:“好不容易看到称心的东西买回家,可是,你马上就要成为过去式了。”

“你想得太多了,织江。”

男人笑道,走进挂着镜子的盥洗室系领带,在盥洗室男人继续说:

“收藏品还会不断增加的,所以偶尔更换掉一些,并不算什么痛苦的事,如此而已。”

已经有这么多了,还要增加?织江心想,但没有说出来。服饰配件之类的东西,自己不也是买个不停吗。

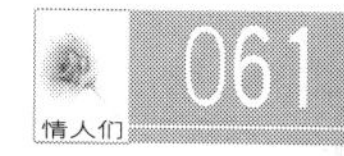

“我和你说起过巴卡拉花园的事吗?”

“没听你说过。”

巴卡拉这个名牌你知道吧?男人说道,他的语气显得挺热心。全世界一共只有三十枚名叫“巴卡拉花园”的镇纸,我曾亲眼看到过,那是用三层重叠起来的玻璃制成的,最下面一层的精致图案,是从空中俯瞰到的西洋式庭院的光景,中间是大蓟草的花蕾,最上面那层是在玻璃内侧镌刻着的藏蓝色的蝴蝶。价格可不是让人能当即决定的数目,所以当我看到那个镇纸的时候,有些犹豫,可当我下决心要买,再次返回那家店时,那镇纸已经被别人买走了。

“当时的那份失落感,直到现在还忘不了。我正式开始

收藏玻璃镇纸，就是从那时开始的。”

盥洗室传出洗脸时的水声。织江等那声音停下来，问道：

“那时错过了的东西，以后要是在哪儿又看到了呢？”

“下次再看到的话，一定毫不犹豫买下来占为己有。”

“要是手头的现金不够呢？对了，比如，如果对方开条件，让你用这个装饰橱里的其他东西交换，你怎么样？”

“虽然对橱里的每一件收藏品都有些舍不得，但是就是用几件换那一件也在所不惜。”

男人穿戴完毕，回到房里。织江觉得，他和就在刚才还疯狂抱着自己的那个男人，简直判若两人。男人站在那儿的神情，像是在很潇洒地说：性欲那玩意儿，我早在10多岁的时候就已经厌倦不干了。

“当你得到了，就会又想要其他东西了吧？那些还得不到的东西，或者已经错过了的东西。”

“错过的东西才是最让人牵挂的，不是吗？”

随着时光的流逝，对它的印象并不会变得模糊，反而结晶般地纯化了，留在记忆里。男人起劲地解释着这层意思。

“你的时间快到了吧。”

“你对我的话感到厌烦了？”

“哪里，对我很有参考作用。”

两人一起出门那是不行的，织江必须比男人先走一步。织江抓起上衣，连吻别都没有，便去开门。“喂，我尽说些玻璃镇纸的事，让你不高兴了？”男人对她叫道，但织江没有勇气回头。那些陈列在装饰橱里的，不再只是玻璃镇纸，而是他以前曾抱在怀里、记忆中的女人吧？尤其是那双格外显眼的金色猫头鹰的大眼睛，似乎正象征着一个身为妻子的女人所充满猜忌的心像。

季节抛下织江远远地离去了。谨慎的男人对于节日之类的日子，完全采取无视的态度，在相爱的恋人们应该聚在一起的日子，毫不犹豫地以家庭为优先。他从不向织江辩解什么，织江也从没开口询问过。那份触摸不得、摇摇晃晃的平衡感，在这两年多的时间里，不断刺激着织江的神经。

但在冬天的某个日子里，织江在床上用脸颊蹭着男人赤裸的胸膛，却听到男人说了自己意想不到的话。不是自己听错了吧？织江不由追问道。

“你没听错啊，我说 24 日有空，不就是这句话而已吗？”

“大概，你忘了现在已经是 12 月了吧？”

男人的眼睛露出了笑意。我太高兴了，织江发自内心地对男人说。她支起身子，跨坐在仰躺着的男人的腰间，说：

“我真爱你。”她向前弯下腰，亲吻男人的嘴唇。“嗳，我们找一家送外卖的餐厅或者咖啡馆，那天就我们俩，在这间屋里过吧。”

“不想去外面吗？”

织江真怀疑今天是不是一个特别的日子，怎么老是出现让自己预想不到的情况。

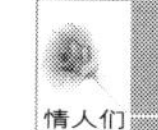

“但是，要是让谁看到的话……那可是圣诞之夜哦。”

“看到了更好。”

织江被男人一下子紧搂住了，她正等着男人往下说，但男人却就此打住了，只是手臂更用力地抱着织江。

如果被人看到的话，比如，当我们挽着胳膊外出的时候；当我们在餐馆里边喝着葡萄酒边谈笑的时候；不知了什么，当我在他脸颊上亲吻了一下的时候，这时偶然被与我们相识的人看在眼里，他再把看到的告诉周围的人，那会怎么样？

织江把眼光移到了装饰橱上，在心里默默地对猫头鹰说道：

“你呀，也许不久就要被曾经相爱的人抛弃了。”

“那样，我们的事儿……也许会被你太太知道的。”

是啊，他用很深沉的声音回答。男人松开了绕在织江背后、搂得很紧的手臂，然后用手指往上抚摸着俯卧在自己仰躺着的身子上的情人的脊背。

“她知道了，你也不在意？”

“也许那正是机会。”

织江的心脏猛地震颤了一下，感到一阵炽热。她保持俯卧的姿势，横着移到了男人的身旁。

“你太太，会怎么样呢？你不后悔吗？”

“那个人，我曾经很喜欢她，但那是很久以前的事了。现在我对她感觉不到爱情。”

他称他妻子“那个人”。

织江突然又觉得内心深处异样地寒冷，她一时为这种异样的感觉而不知所措。那是一种似曾相识的情感。是的，那就是悲哀。

溢彩流光的装饰橱里，挤满了大大小小的玻璃镇纸，它们被关置在他的领地里，被他遗忘，一动不动地沉默着，注视着他外出寻猎其他感兴趣的东西。因为错过了“巴卡拉的花园”，他便不停地追逐，而金色的猫头鹰，因为所有暗藏的精巧之处都已了然于心，便不再怜惜。是这样吗？

“说说你对圣诞礼物的要求吧。”男人说。

“礼物，不就是那一天的快乐吗？”

“织江以前不是说过，不会贪恋任何东西吗，对这样的人，该送什么才会让她高兴呢，实在想象不出来。”

是啊，织江一时考虑起来。

“那只，金色的猫头鹰。”

男人用两肘撑起上身，看着织江那两只藏在轻轻抖动的睫毛底下的眼睛。织江俯卧着，看着装饰橱的方向。也许是角度的关系吧，落地灯的光线照射过来，织江的两眼发着茶色玻璃般的光泽。她并没有在开玩笑。

“如果是那个的话，回去时你带走吧。”

男人有些困惑，但并没有显露于色。

“其他呢，还有什么想要的？织江，你想不出也得想，我只是想要有所表示罢了。”

“不要，其他的我都讨厌。”

织江这是第一次在男人面前展露撒娇的演技。

“你去预定一家稍远点的餐厅吧，到时不要遇到认识的人。要不就找家小点的店，带单间的那种。金色的猫头鹰，我要你在那时送给我，那只让你那么喜欢的猫头鹰。比起名牌的戒指、挂件，它会让我更珍惜的。”

如果故事还将延续，如果还在半道上，他还会朝前赶的。但是，如果我被套上了锁链，他就会满足、会背过身去的。而我，到那时，面对这个总是焦急地盼望着情人早些离去、不再像样地看自己一眼的男人，肯定会心怀怨恨的。这样，也许要不了多久，我也会被他称为“那个人”了。

是为其所得成为他的所有物，然后在某一天被厌倦、遭抛弃，沦为他过去的女人中的一个，还是不委身于他，成为“巴卡拉的花园”？结果依然还是一个尚未画上句号、没有完成的故事。

“所谓恋爱，不是争胜负，也不是玩游戏哦。”

圣诞前夜的傍晚，京香看着身穿黑色丝绸连衣裙的织江，神情有些愣愣地说道。

“将来要是后悔了，流眼泪了，那可不关我的事。”

“这可不是你的真心话。我要是哭了，京姐肯定坐立不安，又忙这又忙那不停地安慰我。”

“真是个讨厌的女人。”

京香站在镜子前说着，为织江拉上背后的拉链。

“谢谢。现在，请发表惯例的忠告。”

“到底，你还是嫌我多嘴呀……”

“我并不是要给你什么意味深长的忠告，”京香认真地分辨道，“如果你能让那个男人放弃家庭，将他一举虏获，那样的话我觉得也不错。未必今后连你也会被他厌弃的。”

织江平静地听着。

“我早已经决定了。”

织江伸出竖着的食指说，

“世界上的男人又不是只有一个。”

“啊哈，原来织江的目标只有男人？那样的话，从一开始世界上的人口就可以减去一半了。”

“这就是我们俩能够共存的秘诀。我可没有心情和好斗的女同性恋者争风吃醋。”

京香一时不知说什么才好，过了片刻，她脸上露出有些不好意思的笑容：

“这么经不起我的挑拨。我不过随便提些参考意见而已，那可是你自己让我发表忠告的。”

“要是我觉得建议挺不错呢？”

“啊呀，你要是不觉得讨厌，那我开的玩笑可就都失去意义啦。”

织江把手臂伸进表姐为自己拿着的大衣的袖子里：

“那么，我就下定决心把他甩了然后回家。”

“声明一下，即使今天晚上你又被那个人劫持回家，我也不会笑话你，说你意志薄弱的。”

“你可真能说不吉利的话……”

织江轻轻地点了一下京香的额头，把脚套进了别致的高跟鞋。

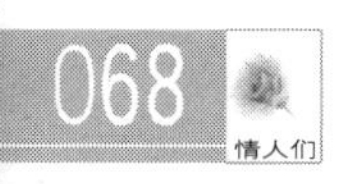

七月之春

岛村洋子

大阪市出生。毕业于帝塚山短期大学。曾在证券公司就职，1985年获克巴鲁特·长篇小说大奖，开始步入文坛。其作品赤裸裸地描写女性的恋爱，受到文学界的注目。著书有《美丽》、《色情艺术画家》、《开始吧》、《色忏悔》、《家族善哉》、《救救我……》、《不可以迷恋吗》，以及随笔集《这次恋爱在所难逃》、《恋爱的全部》等。

我们曾经是友人。

也许比友人关系更淡些。我们曾经是同班同学，每天，如果偶尔目光相交，也会说上一两句话。

初中毕业已经十五年了，我们至今还是友人。

我们之间并没有产生特别的恋爱感情，甚至毕业后再也没有见过面。

但我们却一直是友人。

平时，我几乎不会想起他。

不过有时当我感到伤心的时候，寂寞的时候，就会回忆起他来。

但我绝不会想到要让他来打发寂寞，也不会突然眷恋起他并想和他联系。

虽然我能和他联系上，可即使联系了也没有什么特别的话要说。

不管怎么说我们已经有那么多年没见面了。

但是直到现在我还感到他比任何人都亲近。

J君是个不起眼的学生。

其实我大概也一样不起眼吧，但我学习成绩好。

成绩好的学生即使默不作声也很引人注目。

“这次考100分的，只有一个人。”

经常，老师像在夸耀自己的功劳似的，边把试卷发还给学生边这样说着。于是老师第一个点到我的名字，我便走上前领回试卷。

那老一套究竟是让我觉得厌烦还是让我觉得自豪，我自己也分辨不清，毕竟那已经是非常遥远的记忆了。

不，就算回到当时，恐怕我还是说不清。

我并不是特别爱学习，只不过除了用功之外，我不知道干什么才好。

和别人那样自由自在地打发时间，我既没有那个胆量也没有那份从容，要是不把布置的习题理解透彻，我就坐立不安，连觉也睡不踏实，我就是这么胆小谨慎的人，所以，所幸学习成绩还算好，如此而已。

如果另外还有一个人考了100分，而且是男生的话，那肯定是M君。这种场合是不会轮到J君的。

不过，当老师像是面对一排失足掉下楼梯的人那样，报出一串名字的时候：

“以上开红灯的人，要进行补习，放学后都到理科预习室来。”

这串名字里也不会有J君。

打扫卫生时偷懒被叫到老师办公室的不会是他；体育比赛获奖的不会是他；情人节那天收到女生们一大堆巧克力的也不会是他。

家里是开医院的，所以从小娇生惯养，新上市的电脑游戏应有尽有，那不会是他；对西洋音乐了如指掌，并且弹得一手好吉他，也不会是他。

进了初中后突然成了狂躁的怪兽；从小随父母在国外长大所以能说一口流利的外语；没日没夜地看电视；父母是有名的艺人；把其他学校的女生带进情人旅馆因而威名远扬；跳箱时能毫不费力地跃过九段；能在单杠上做大回环，这些都与他无关。

他并非身材高大双腿颀长，长得英俊潇洒。

但也不是身体肥胖动作粗笨迟钝。

然而，大家都喜欢他。

像他那样的人，该用怎样的语言来形容才好呢？

看到他的眼睛，常会让人有一种幸福的感觉。

他总是笑吟吟的，但那不是奉承人、向人示好的笑容。

当你和他目光相遇，会感到有柔和的光线从那里溢出，让你觉得是那么不可思议。

这我并没有和其他人一起谈论过，不过我想大家一定都有这样的感觉。

所以遇到班上进行选举的时候，他总是很有人缘能获得一大堆选票；换座位的时候大家总想坐到他旁边。

离毕业典礼还有一个月，班里要选举"同窗会委员"。

男女委员各选一名，往后如果有人提议召开以班级为单位的同窗会，就可以与两名委员进行联系。

"以后谁要是搬家了，结婚了，男生就向男生委员、女生就向女生委员汇报。"大家定下了这条规矩，挺麻烦的，不过这也是唯一可行、能很快招集起所有成员的方法。

当我被选上当了女生委员的时候，我心里直叫：哎，真麻烦。

我并不是因为人缘好才被选上的，我知道最主要的原因就是我成绩好。我可不是那种平时爱管闲事的人。

不知道选举究竟算是怎么回事，如果大家想不出有合适人选的话，就会像集体发作那样，一起填一个成绩好的人的名字了事。

但是男生委员就不一样了。

J君被选上，那一定是因为大家都希望毕业以后，有时还能见到他。

因为召开同窗会的时候，委员肯定会来的。

“请多关照。”

他站在黑板前，向我微微低头表示。

15岁的我，在那一刻之前，还从没想到过“结婚”那回事，但就在那一瞬间，我好像得到了天启一般，心里突然想，和J君结婚的女人，一定会很幸福吧。

虽然我并没有想象那个女人会是什么样，也不会对那个想象中的女人心存嫉妒之类的感情。

自那以后过了15年，我们再也没有见过面。

我从女子大学毕业以后，换过两家公司，一直干着事务性的工作。

初中时成绩那么优异的我，进了一流高中，就算不上出色了，马上便沦为一个成绩平平的普通学生，自小就希望成为一名律师的梦想，轻易地就被摔得粉碎。

恋爱一共有过三回。

第一次，对方是比我大3岁、著名私立大学医学部的学生。

因为那是初恋，所以最初，对方是在搞三角恋还是四角恋，连这我都没搞清楚。

“为什么和那样的女孩插一手。”

我准备正言厉色地盘问，但对方只是淡淡地说：

“要我看，你才是在插一手呢。”

我顿时无言以对。

那一刻我没有流泪，只是感到那样地、那样地不可思议。

自己信奉的世界原来和想象的完全不同，那个彩色的世界在突然之间变成了黑白两色。我真的感到是那么地不可思议。

那是春分前后的季节，春光开始洒满大地，但我的眼前却只有一片昏暗。

我是那么地不幸，但山手线①上的地上铁却照样准时运行。

在灿烂的阳光里，买完东西准备回家的老婆婆们在路旁开心地谈笑。

这个世界真有值得欢笑的事吗？

就在那段日子里的一个晚上，我去便利店买啤酒，顺便看了一下信箱，发现里面有一封信。

是J君寄来的。

信封里有男生名册的复印件和J君写的卡片。

“进入大学以后，换新地址的人多起来了。现在我把我

---

① 东京最繁忙的客运铁道线路之一，环绕东京的中心部。

掌握的人员名单寄给你。老是寄这些东西会给你添麻烦吧？以后，我想每年春分前后给你寄一次。”

独自一人生活已经有一年多了，平时除了贺年卡和广告，很少收到其他信件，所以当我看到这封信时，就像获得了一个特别的惊喜。

信里并没有写什么，但它让我觉得有人还记得我，让我的胸口顿时感到暖洋洋的。

我把女生名册的复印件和我的回信装进信封。当然没写最近失恋的事，只是说了一些学校的情况，还说“希望什么时候能召开同窗会”。

虽然我并没有在等待回信，但自那天起，察看信箱成了我每天必做的功课。渐渐地，就在我已经淡忘了是什么原因让我开始做这份功课的时候，第二年的春分又到了。

那时我是大学二年级，心里早已经明白，再不会找到自己喜欢的人了，就是今后的就职也不会有什么好的去处。

我已经不去判断世界究竟是彩色的还是黑白的，而是热衷于和女友们去卡拉OK玩，或者用打工挣来的钱通过邮购添置衣服，由此打发日子。

J君果然又寄来了男生名册，他在信上说：“靠做送报纸的临时工维持生活，结果留了一级。今年真想开一次同窗会，因为明年就要找工作写论文了，大家都会很忙的。”

我就像一个丧失了记忆的女人，有一天突然想起自己原来还有一个恋人，一下子兴奋无比。

尽管如此，回信却没什么可写的。

因为我们除了初中三年级时做过一年同班同学，此外就再也没有其他共同话题了。

所以我只谈了一些学校的事，说“今年真希望和大家见面”。

很想把“大家”改写成“你”，但我还是忍住了。

当然不会有J君的回信。

第二年，我又恋爱了。

在那段日子里，我几乎完全没有再想起过J君。

那年的春分前后，我和当公务员的男朋友相处得如胶似漆，当我看到信箱里的信时，心想这是谁寄来的，一时竟转不过神来。

他在信上只说了一些他所学的半导体专业的事儿，还说他养了十多年的鬈尾狗死了。

我在回信里也没有提到现在的男朋友，从头到尾写的都是就职活动。

时间就这样过去了。

这以后，我和公务员男朋友分了手。我感到厌恶并不断责备自己，为什么会和那样的男人打得火热。从任何意义上来说，那都是一个卑怯的男人。

我就职了。过了一年J君也就职了，他成了某电器公司的研究人员。

这期间谁也没有再提想开同窗会的事儿。

不久，我又和公司里的一个有妇之夫发生了婚外恋。

结了婚的男人，“唯一的缺点就是已经结婚了”，如果你被这一点蒙住了眼睛，那么谁看上去都可能是个很不错的男人，可惜当时我还不明白这一点。

和他约会很难，他看上去不诚实，不能和他公开外出，说好的事情他突然出尔反尔，我并没有把这些看成是他性格上的问题，只是想："没办法，这都是因为他已经结婚了。"

不管发生了什么，只要我捂着这层盖子，我们就可以把关系良好地维持下去。

眼看春分快到了，J君又寄来了信。

看着女生名册的复印件，我呆呆地发愣，心想同班同学中改了姓的可增加了不少啊。

参加过好几次婚礼，在那里遇到以前的同班同学，大家都说："过些日子一定要开一次同窗会。"但大家心里明白，一时半会儿怕是实现不了。

这以后，开始不断有印着孩子照片的贺年卡寄来。我想，没有人还有心思开什么同窗会了吧。

但大家只要换了地址，还是会规规矩矩地寄来通知。也许大家还是有那意思的吧，我又不得不这么想。

J君好像一直从事着研究工作，地址也还是他父母家的，什么变化也没有。

我知道自己没有任何权利，但J君还没结婚，这好像成了我心里的一个亮点。

婚外恋的结局，以我辞去公司的工作而告终。

当然原因不单单是因为婚外恋本身。随着婚外情在单位里被公诸于众，那个男人开始像叙说别人的事似的，向公司里的人说起我们之间的事。我不想再看到他这副嘴脸。

在春季人事变动以前，我离开了公司。

口袋里揣着薄薄的退职金，我决定搬家。

这时，J君的信又到了。

他说最近又养了一条马耳他狗，又说："小山你以前就是个很聪明的人，现在工作也一定很优秀吧。"

大概因为上次我在信上说："你成了研究人员，可真棒。我还是老样子，是个没出息的办公室女职员"，所以这次他这样答复我。

但我已经不再是初中时的那个优秀的女孩了。

连平庸都称不上的满脸疲倦的女职员，还因为婚外恋被发现，狼狈不堪地辞掉了工作。

在这以前，如果有机会，我很想见到J君，但现在，我不再想见他。

在他的心目中，我是一个学习成绩好、开朗快乐的初三女生。

肯定不会是眼下这个肮脏兮兮的女人。

刷牙的时候，当我和镜中的自己双目对视，对方看上去是那么地疲倦。

疲倦，也许不该用这个轻描淡写的表现。在那些夜晚，只有用疲惫不堪这个词，才能准确地描绘镜中的人。

在很多日子里，镜中这个疲惫不堪的人，对我来说，已经没什么特别的意义。怎么都行吧。

由父母安排，我去相了一次亲。

据说对方是从事金融业、颇有地位声望的人，见了面才知道原来是高利贷店铺的一名副店长。

要说是美男子，那倒确实如此，不过却是那种好像在寝室的盥洗间里藏了好几个红发女子的男人。

我觉得这样倒也挺不错，心想不妨交往着试试，可对方回绝了，原因不清楚。

于是，委婉地向介绍人打听，据说是因为对方感到我“自己都不知该如何对付自己”。确实是非常精彩的分析。

比起生气更让我佩服。

不愧是借钱给人的，看人真有眼光，我想。

就在这时，我又收到了J君的邮件。

信是从费城寄出的。信上说他现在正在那儿一家工厂的研究室里。

像温和的阳光一样的J君，不会永远是那个初中生，他已经完全是个大人了，在那个我从没去过的叫做费城的城市，从事着我一辈子都不明白的研究。

明信片上印着“院里的草坪上有一只小松鼠”的字样。

因为他远赴他乡，所以我在回信时写了“等你回来的时候真想见见面”，这也是我第一次在信上表示“希望见面”。

不用说我是把回信和女生名册放在一起寄出的。

自然不会心存想成为他的恋人的奢望。

只是有时回想起J君那柔和的笑容，真的非常希望能再见到他而已。

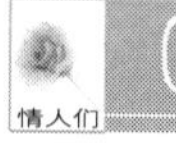

我已经连装模作样的精力都没有了。

当然J君不会马上就回信,我也并没有期待。

我的同级生们有的忙于生儿育女,有的忙于工作,我知道谁也没有时间去缅怀过去,但即使这样,我想只要有一个人提出"我们开个同窗会吧",就还是有机会的。

又不说要开个在宾馆住上三天三夜的同窗会。

不就是一天,不,半天、短短几个小时的时间吗?

但要让大家聚在一起是如此之难。

不过是十几年前,那时,一天又一天,那几张你看我我看你、简直让人看得心烦的脸,如今连见一面都这样不容易。

我没有任何变化。

搬过两次家。

恋爱谈过几回。

工作换过两次。

肌肤开始像磨沙玻璃那样失去了光泽。

但是我没有变化。

因为我什么也改变不了。

已经不再是优等生,也不是优秀职员。我只能看着自己渐渐地陈旧下去,但什么也改变不了。

我不能像别人那样,不是快乐地度过每一天就像是对不起自己似的。

简单地沉溺于快乐,我觉得是一种罪恶。我不知道这是为什么。

就是这个逐渐失去光泽的我,一年一度,享受着一封几行字的信所带来的欢乐，J君如果知道的话，他究竟是感到高兴还是感到可怕？

J君现在一定有恋人吧。而且一定曾经有过好多恋人。

因为他确实是个受人喜爱的人，以前就是。

因为只是一封几行字的信，他就能给一个身处远方的女人带去生活的勇气。

这以后我很快就搬了家。

搬到离原来的住所有40分钟车程的住宅区。

没有工作却又要搬家，冷静想一下这确实需要很大勇气，但我知道如果再没有什么新的变化，我的内心一定会就此开始腐烂的。

要找工作的话，只要不是挑挑拣拣地想进大公司、干体面活，总有不少机会。

我进了一家大型的连锁酒馆，被配置在经理部门，基本工资比以前还要高一些。

说起酒馆总给人一种陈旧的感觉，但那儿的管理已经完全电脑程序化，职员还穿着著名服装设计师设计的工作服。

没有恋人，也没有新的朋友。自那时起我开始觉得应该善待自己，毕竟我已经年近三十。

这并不是说要经常上高级餐厅喝杯葡萄酒，去国外旅行一回，或者劲头十足地参加艺术培训班之类。我说的善待自己，就是在身体疲劳的时候不强迫自己工作，不想交往的人就不勉为其难地应酬，能做到这些，我就能对自己感到相当的满意。

就在这样的日子里，J 君的信寄到了我的新住所。已经是春天了。

虽然这已经是例行了多年的公事，但它总会让我的心扑通扑通跳个不停。

然而这次的信和往年完全不一样。

信里还是男生名册和手写的卡片，但卡片上的内容出乎我的预料。

“我不能说明理由，但我暂时不能负责管理名册了。请你通知全体有联系的男生，让他们把今后的新地址寄给你吧，给你添麻烦了，但请你把男生名册也一起负责下来吧。”

我拿着那张并无特别之处、印着蒲公英还是什么的卡片，长时间地凝视着。

邮件的投递点好像还是美国的什么地方，但寄信人地址一栏没写任何字。

也许是因为研究工作很忙吧？

要不就是和美国的女子结婚了，对方忌妒心很强，连往日本发封信也不行？

他已经是 30 岁的男人了，我想总有这样那样的理由的。但除了上面这些，每天过着平凡的日子的我，实在想不出还有其他原因。

我只知道，我连问他一下为什么都已经不可能了，而且今后不会再有 J 君的来信。

这竟让我如此地消沉，连我自己都感到吃惊。

但是，这种心情无处述说，无人倾诉。

那是只有我和J君才知道的、经过长年的岁月沉积下来的相互信赖的象征。

像有透明的果冻堵在我的胸口、头脑，扑通扑通地颤动，那是一种与缠绕在心头的烦恼所不同的、不安定的情绪。虽然如此，我还是打发着一天一天的日子。

连锁酒馆的工作要比以前的公司有乐趣、有意义得多，或许是这拯救了我。

男生们偶尔来信或来电话，告诉我换了新地址。

那些换了地址的通知，来自原本关系并不密切的同班男生，让我有一种怪怪的感觉。

有两个人是打电话来的。其中一个是原来非常文静、一点不算出众的男孩。

他好像先是进了一家广告代理公司工作，之后自己开了一家公司。他在电话里说这说那，聊个不停。

“嗨，小山，你肯定是个能力出众的职业女性，我不会说错的。”

他说。

“哪有的事。我干的可是最普通的工作。”我还能笑着回答，我自己都觉得佩服自己。

没有不服气，也不是随口应付，我确实是心平气和地过着每一天。

“岁月也许并没有胜负”，这句话，我好像终于有些理解了。

他又吹嘘了一番刚出生的女儿的长相，聊了会儿自己公司的工作内容，然后说：

“那么，我们不久一定开个同窗会吧。”

当他准备挂电话的时候，好像想起了什么，问道：

“对了，小山，你知道J的消息吗？”

我自然答不上来。

日子就这么糊里糊涂地过去了，我渐渐觉得这世上是否真有过J君这个人。这时候，又有人打来一个电话。

是M君打来的。

M君在学校时成绩非常好。

现在想起来，M君才是真正脑子好使的人，和我那谨小慎微的心态完全不同。

M君也还是独身，他成了一个兽医。

“说是兽医，可不是给野兽看病哦。狗、猫，还有就是貂和热带鱼。不过热带鱼我也不太懂，凑合着干。”

他没提“开个同窗会吧”之类的陈腐老调。

“就是开同窗会，我怕也参加不了，只要有住院的病畜，我就出不了门。也许哪天突然有时间可以出门了。不过约好了的日子多半不能践约。”

他淡淡地说道。

对他来说，比起过去的回忆、过去的友情，还有更重要的东西。

我觉得这一点儿没错。

他也向我问起了J君的事，我也还是什么都答不上来。

不过这时我才明白，虽然J君也担任着同窗会委员，但毕业以后几乎和谁都没有联系过。

我感到有些意外，他是那么受人欢迎的一个人。

“我很喜欢他，我是说J。从不固执己见，和大家在一起总是笑嘻嘻的。”

“我也是。”

我点点头。心想，他在外国也一定是个受人喜欢的人吧。

“那时考试输给你小山的时候，我可真是懊悔啊。为什么会输给那个女孩？我真的很苦恼，但那时对学习又不那么热心。”

我也简单地说了些关于连锁酒馆的事。

“呵，那么，能拿到酒店的打折券吧？哪天我有时间出门了，我可会打电话给你的。”

不知道他是表示一下热情，还是真这么说，但我觉得挺高兴的。

我并不期待会和他产生出恋爱的萌芽，也不是为了能够重温过去的友情而高兴，我高兴的只是，也许某一天有人会突然打来电话，让我能有一个不期的等待。

春分的日子又到了，没有收到J君的信。

接到联系，已经是年末的事了。

那是一张字迹印得很淡的明信片，上面写着：“长子J，今年6月10日，在墨西哥迪法那市死于意外事故。”下面是J君父母亲的签名。

在明信片的最后，还有几行手写的字，像是女人的笔迹：“我儿每年一次和您通信，都令他那么地快乐。特别是去了美国之后，可以说那几乎是他唯一的快乐。”

我就这么一直把那张明信片放在桌子上。

应该怎么做才好呢？我不知道。

应该给他父母打个电话吧？

在墨西哥究竟发生了什么？

不管怎么考虑，我们毕竟没有特别亲密的关系。

但是十五年来，我们曾生存在某一个共同的空间。

尽管我们甚至不知道对方的脸，成年后究竟成了什么样。

眼看年关快到了，一天傍晚，我正盘算着是否该回老家看一下，M君来了电话。

“今天，我总算有时间外出了，你怎么样，小山？”

“我可以啊。”

我马上回答到。

是不是要把J君的事告诉M君？我边套上紧身裤，边这样想着，我不知道。

我也不知道，如果回老家的话，是不是应该去离家不远的J君家拜访一次。

我走出屋子锁上房门，心里恍恍惚惚地想，等会儿在约好见面的地方遇到M君，时隔十五年，我是否还能认出他的脸来。

圣塞巴斯蒂安之手

下川香苗

岐阜县出生，毕业于岐阜大学教育系哲学专业。在校期间的1984年获克巴鲁特短篇小说新人奖，开始步入文坛。此后，其《小说版·邻家物语》、《俄耳浦斯身有千翼》等，由集英社克巴鲁特文库等推出，广受瞩目。著书还有《神之蔷薇》等。

“如果靠着憎恨就能杀人”——当我回过神来，发现自己在心里反反复复地念叨着这句话，仿佛在念一条咒语。

我知道那是从什么时候开始的。一年前圣诞的前一天，从那个男人离开的那天起。那个让我受尽了耻辱和痛楚，像风一样消失了的男人。

只要日夜苦思精诚所至，你的夙愿定能传至上苍；要不就像谣曲《铁轮》里的那个故事，每晚丑时去参拜神社，最终也能如愿以偿①。仇恨在我心头暗流汹涌、日益膨胀，然而结果，我却什么也做不成，日复一日直到今天。

——但是，快了，复仇的机会马上就要到了。

向东驶去的新干线，行程刚好过半，奔驰在滨松市一带。滨名湖边的系船池上，静静地停泊着一排帆船，冬天的阳光播撒在湖面，闪烁着温暖的波光。

我默默看着眼前宽阔娴静的景色。我心里明白，此时的自己眉头紧锁，脸色是如何的僵硬难看。我拉开放在膝头的提包，把手伸进去，马上触摸到那团用手帕裹着的物体，感受到那坚硬的质感。我知道，在手帕底下，静静地躺着那把发出钝色光泽的匕首。

"百合也"，这个有些造作、显得很不自然的名字，谁都会觉得那不是真名。但那个男人确实就叫百合也。

我和百合也相遇，是在去年夏天快结束、新学期刚开始的那一天。因为有一名教师请了产假，所以学校临时聘请了新的代课老师。那天晚上，我们同年级的老师凑在一起开了个欢迎会。

---

① 日本传统谣曲《铁轮》里的故事，讲述一个遭到丈夫遗弃的女子，每天深夜丑时去贵船神社参拜以求报仇的故事。日本古代迷信认为，每天深夜丑时去参拜，能将仇人诅咒至死。

大学一毕业，我就成了教师，这已经是第六个年头了。为了上下班方便，那时我一个人独立生活，因为父母的家在北边的郡属地区，而我工作的小学又在市区。正好亲戚家有一间独家住房，空着没人住，从那儿坐车到学校才15分钟，亲戚说空着也是空着，房租也没要，我便美滋滋地住了进去。

刚进学校任教时，也常受前辈教师的训斥，但所幸没有被安排在那些简直溃不成军的差劲班级，过了两三年我便掌握了工作上的要领：对大扫除时偷懒的孩子要绷起脸多加提醒，带领学生郊游或露营的时候要大声吆喝，等等。渐渐地工作变得轻松起来，放长假的时候也有闲情和女友们一起外出旅行了。那时的日子，打个比方来说，就像悠闲地走在一条笔直的铺装道上，道路两旁树木井然，绿色成荫，如果踮起脚跟观望，前方没有任何障碍物，可以一眼看到很远很远的地方。

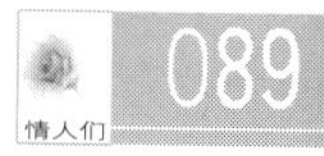

“今天我们都去喝一杯吧，我带大家去我常去的店。”

在学校附近的寿司店开完欢迎宴会，年级主任泷田老师这么说着，便走到了大家的前列。泷田是年过五十的老教师，在学校里是最爱打扮的人，也是头号的美食家。

于是大家分坐几辆出租车，来到一家酒吧，那酒吧坐落在一条小路的尽头，虽有些狭小，但店里的气氛倒还显得安静娴雅。吧台的正当中站着一位穿和服的老妇人，据说她就是经营这家酒吧的，是老板娘。吧台的台面是用整块的伊万里瓷板做成的，瓷板上点饰着野花，看来已经用了有些年头了。

转过眼去，我发现在吧台的里面还有一位调酒师，是个年轻男人，似乎还不到25岁，没有染过色的黑发梳着很常见的发型，样式简洁的白衬衣很合身地裹着身子，装饰灯的光线从墙上照射下来，在他端正的眉眼间投下很深的阴影。我一下子就想起了曾经见过的那幅意大利文艺复兴时期的宗教画。

那是在美术系毕业的同事所收藏的画册里看到过的、被箭射杀的青年的身影。那双手被紧绑在身后、直着身体仰望天使的形象，即使是对艺术作品一无所知的我，也在心里留下了深刻的印象。在被箭射穿脖子、血流满身的痛苦表情里，既充满了悲伤又仿佛面带欢愉。

记得同事说了那就是圣塞巴斯蒂安，古罗马帝国基督教徒遭受迫害时殉教而死的士兵。眼前的年轻男人，像那位殉教的圣人吗？不，容貌当然并不相像，但在我的印象中却有些依稀仿佛……那一瞬间，好像种种感觉都袭上我的心头，让我恍然若失，忘了身在何处。

泷田老师当仁不让地坐在吧台的中央，其余人便都按照身份高低、也就是年龄顺序依次坐了下来。

"您要什么吗？"

隔着吧台，调酒师的男子用喃喃私语般的声音问道。在我回答之前，泷田老师便开了口：

"百合也君，你就看着替她点了吧。这人可是个大小姐，不习惯的。"

她唱歌似的，语调高昂地说道。调酒师轻轻点点头，不久就把一杯装在细长酒杯里的、淡淡的白色鸡尾酒放在我的面前。

平时就没个准性的泷田老师，那天晚上从欢迎宴会一开始，就喝了不少的酒，所以情绪非常高。大家的话题从今天的主人公，也就是新来的老师到休产假的同事，然后又转到坐在一端的我。

“接下来是山崎老师，可得加把劲哟。结婚的费用已经存得足够了吧，结婚对象，你可得赶快找啊。”

泷田老师瞧着我，脸上浮起意味深长的笑容。

大约一个月前，朋友给我介绍了一个男朋友，才开始交往，名字叫山田，大我 3 岁。山田也是教师，在别的学校工作。这事除了父母我和谁都没有说起过，但交际广泛的泷田老师像是已经从哪儿获得了信息。在教师的世界里，所谓介绍，那是和结婚直接连接在一起的。

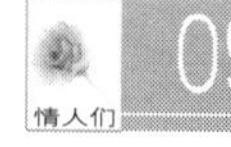

我用一个模棱两可的微笑算是作了回答，同时像条件反射一样，马上留意起吧台内的那个男子是否听见了泷田老师的话。我可不愿被人看成是一个远离恋爱舞台的乏味女人。

这时他正在另一端，前辈教师正在拿他开玩笑呢：

“你叫百合也来着？长得这么帅，喜欢你的女人肯定多得让你不知怎么办才好了吧？”

“哪有这回事儿。”

他很客气地答道，像有些腼腆似地低着头。我啜了一口白色的鸡尾酒，偷偷注视着他的侧脸。男子也许注意到了我的视线，我感到他用眼神朝我微微地笑了一下。我慌忙低下

头，端起酒杯咕咚喝了一大口。白色鸡尾酒柔和爽口，但喝了之后，浓重的甜味却久久纠缠在舌齿之间。

如果到此为止的话，我和他之间当然就什么也不会发生了。

“过失就是罪恶”——自小时候起，我就是无声地受着这样的教育长大的。

父母也都是教师，特别是对于我这个长女，一直就明确地告诉我要走这样一条路：上高中，进大学。不过这对我来说，倒算不上是什么痛苦的事，只是作为被征收的代价，现在的我，成了一个既没有技能特长也没有兴趣爱好的人。

眼下，父母最关心的，就是我的婚姻问题。一有机会，他们便会这么说：

“婚姻最重要的就是两家要门当户对，性格合得来合不来，以后慢慢会习惯的。”

无论做什么都不能有过失，这其实相当容易做到。只要是不符合自己身份的事情，就不要去接近它，装作没看见。掌握了这个窍门，不知不觉地我便养成了习惯，凡是看上去有可能会做错的事，就躲得远远的。没有自知之明，那是件羞耻的事，这我知道。

但是，有时我也会突然冒出其他的想法。

所谓小学老师，尤其是负责低年级的老师，其实就是个开杂货铺的，既要辅导学生做理科实验，也要指挥孩子们大合唱。在大学里学的国文学，写的论文，究竟能有什么意义？我能够理解教育孩子责任重大，但我也明白，自己这一辈子也就是个开杂货铺的吧。

同样，自己的长相也是那么乏善可陈。没有特点的脸，说不上好坏的身材，就像是服装店里的中档成衣。如果遇到以前的同班同学，不知道他们还有几个能马上想起我。

有时漫不经心地想这想那，我的内心深处，不由地隐隐作痛。

那以后，我一直持续着和片山的交往，每星期大约见一次面，一起看电影或者吃饭。

即使是休息日的约会，他也身穿西服，领带系得好好的。在学校里他是个热心的教师，很受同事们的好评，遇到上公开课之类总是带头努力。不过他也不是那种工作一边倒的人，也爱说个笑话，或者谈论流行音乐什么的，据说还很爱滑雪。

但片山有个怪习惯，就是每次约会到了最后，总要找一家咖啡馆，拿出记事本放在桌上，

“下一次什么时候见面呢？”

他肯定会这样询问，就像预定下次会议的时间一样。然后又一定会慌忙加上一句：

“我什么时候都行，则子请你说吧，你哪天有空？”

那种平庸的语调，离浪漫当然相距甚远。但他确实像是

一个好人，让人心生好感。

到下一个生日，我就29岁了。和片山的事儿基本上大势已定，我会和这人结婚的吧，我想。虽然连接吻都没有过，我们已经开始谈论新居应该在哪儿这样的属于将来的事了。

最初的机会，是在我住的那个院子里，丹桂树开始飘香的时节，那是一个星期天。

我想差不多该准备冬天的用品了，便去了趟百货店。回家之前，又顺便到地下一层的大卖场买了些现成的菜肴。

在傍晚嘈杂的人群里，我看到了百合也。他随便地套着件深藏青的衬衫，见我向他打招呼，像是有些不好意思地说："要准备晚上吃的，可真是麻烦。"于是我找了个理由，说反正我也是一个人，便和他在附近一起吃了晚饭。

如果那天他有一丝引诱我的意思，那我肯定会断然拒绝的，我的自尊心不允许自己随便和男人上床。但他始终像调酒师在招待他的顾客那样，态度慎重。

可当我和他分手之后，却一下子觉得一切都变得那么无聊、烦躁，似乎有什么东西搅得我内心深处骚动不安。

他是那么年轻美貌，对这个长得像圣赛巴斯蒂安的男人来说，我自然不可能有任何吸引力。这样冷静地一想，我有一种被彻底打垮在地似的感觉。

悠闲地走在林阴道上，无意间看到一旁的树木开着美丽夺目的鲜花，就这么扭头离去吗？我不久就快三十了，而且马上就要结婚了。又不是长久呆在这里，只不过那么一瞬而已，我为什么就不能在那花色里陶醉片刻呢？

所以当我们第二次偶然相遇的时候，是我向对方抛出了彩球。老实说那不能算是偶然，因为我期待着还能遇到他，特意在星期天的傍晚，在百货店的地下商场闲逛。

“朋友送给我一瓶很不错的葡萄酒，去我家喝一杯吗？”

我发出邀请的声音颤抖着，听上去有些嘶哑。

百合也不会主动出手，但对我抛过去的彩球，他爽快地一把接住了。

新干线抵达了东京。

我又换坐电车，来到新宿。新宿车站的站内人山人海，简直像迷宫一般。我爬上楼梯，却发现找错了出口，那些流浪汉们用硬纸箱搭建起来的一个个小空间，在我眼前排成长长的一溜，这异样的光景不由得让我倒吸一口凉气。好不容易出了车站，外面混杂的空气又搅得我嗓子生疼。

手头没那么宽裕，住不了宾馆，我找了一家价格合适的商务旅馆。明天是星期天，星期一我也已经请了假。

百合也肯定就在这一带。

第一次和他睡了以后，百合也便时不时来我的住所找我，最后一个月他搬出了自己的公寓，住到了我那儿。但是，在交往了三个月后的某一天，我从学校回家，他已经和他的行李一起消失了，连一张纸条都没有留。去他工作的那家酒吧问了，但他已经辞了职。

那时我很想去找他，看他到底去了哪儿，但我很快陷入

到了意想不到的困境中，根本无暇顾及再去寻找。而原因都是百合也一手造成的。

如果拖拖拉拉的，会让自己的决心产生动摇。我把旅行包放在地上，从旅行包的内袋里取出小纸条，然后拿过客房里的电话机。

终于让我知道了百合也的住址的，是因为便利店里陈列着的一本月刊旅行杂志。在介绍各地店铺的一栏内容里，我看到一张酒吧的照片，照片的角落，百合也正站在那儿忙活。那是一家很小的酒吧，但我没有看漏。就像命中注定我会找到他一样，走投无路内心混乱的我，顿时感到了一种疯狂。

我首先给那家酒吧的负责人写了封信，谨慎地收起线索。但杂志上刊登的照片已经有一段时间了，百合也早已离开了那家酒吧，而且连这之后工作过的酒吧也辞了。后一家酒吧的经理把百合也的电话号码告诉了我，不过他说是不是还能联系上可不敢保证。

写着电话号码的便条，被我无数次地打开，又折叠好，已经满是皱褶。如果听出是我的声音，他一定会慌忙挂断吧——我重新看了一眼便条，开始拨打早已熟记在心的号码。我听到自己心脏的跳动声和电话铃声重叠在一起。这是手机的号码，但对方没有人接。

客房的墙壁被雨水渗透了，显得有些肮脏。我透过窗户呆呆地望着外面，消磨着时间。当我拨了第三次号码的时候，电话终于通了。

“难道，你是莉子姐？”

话筒那端的声音，听上去并不那么吃惊，他还是大模大样地像以前那样称呼我。

“现在，我正好路过这儿，对，是来玩的。要是可以的话……我想和你见一面。”

莉子姐？别开玩笑了！我拼命抑制住自己的冲动，没有吼出声来，而是用平静的语调对他说道。

他答应了。晚上八点，在附近一家宾馆的大厅。

挂上话筒，我走进浴室，用热得发烫的水冲洗着自己的脑袋。

——快了，复仇的时间马上就要到了。

我用这条新的咒语，代替所有怨恨，在心里不断地念叨着。

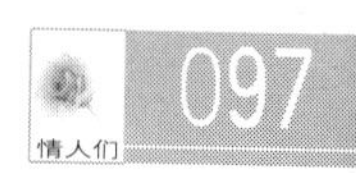

我并不认为我和百合也的关系能够一直持续下去。和百合也在一起的时间，那只是我在日常生活中的一段秘密假期，换句话说，那是起床之后依然持续的梦。是梦，那总是要醒的。但是，在最后的时刻也要守护住这段秘密，让这段秘密好好地结束，这是我们的约定。

约好的时间已经过了二十分钟，就在我觉得他也许不会来了的时候，他出现在我的眼前。

“莉子姐，好久不见。”

桌上的烛光有些晃动，宾馆的大厅游弋在昏暗之间。他穿着一件我没见他穿过的黑色夹克。对桌坐着一对情

侣，那女的用恋人察觉不到的眼神，迅速地瞟了百合也一眼。和以前一样，在夜幕的灯光下，这个男人总是受着女人的注目。

除了我之外，他身边还围着好几个女人的影子。在他消失之后，我去他工作的酒吧询问，那个年迈的老派女店主冷冷地这么告诉我。

“你看上去挺精神，真不错。”

他装作若无其事的样子，用无懈可击的姿态在我身边坐了下来。

“你好像也没什么变化。”

我用讥讽的语调回敬道。

他要了一杯兑水的酒类，似乎没什么戒心地问我说，你是怎么知道我的电话号码的？

“你现在在哪家酒吧？”

百合也没回答，嘴角浮起微笑，微微侧过头去。不便回答的时候，让对方自己去判断的时候，他总是微笑着什么也不说。这一招总能见效，让对方感到难以对付。

“这地方，让人安不下心来。”

喝完第二杯，百合也说。

“去莉子姐住的地方吧？”

给我起了“莉子姐”这个爱称的是百合也，这样称呼我的也只有他一个人。朋友和家人大家都叫我则子。

“则子这名字，可真不怎么样。”

其实自小时候起，我就一直为自己的名字感到自卑。但我和谁都没有说过，不知为什么有一天百合也这么说。

得起个更可爱的名字才行。但用则这个字，只能组成规则、法则等等，尽是些让人哭丧脸的词。

听我这么嘀咕，百合也考虑了一阵，然后说：

“那，我以后就叫你莉子姐吧。”

“怎么样？”他得意洋洋地说，那神情就和我们班上的小学生一样，像是个孩子。别这么叫，怪不好意思的，我嘴上说着，心里却乐滋滋的。

“在我遇到的女人里，莉子姐是最漂亮的一个。”

我知道他是在说谎话，但心情可真不坏。

比起莉子姐的叫声更甜美的，是他的手。

他那指尖纤细、皮肤滑润的双手，在我身体的每一个角落轻快地滑动，于是，我的身体也很快润滑起来了。

还是学生的时候，我和那个勉强算是自己恋人的男生也睡过。不过，只是睡了而已。那就像在闷热的夏天挤上了一辆满是人的电车，留给我的只有不愉快的回忆，让我对男女之事失望透了。

但是，百合也不一样。

和他一起做那事的时候，我的身体，我的大脑，仿佛都被花瓣簇拥着，我尽情享受着花瓣带给我的快感。那是和他名字一样的白色的百合的花瓣，是蔷薇的花瓣，是淡红的水莲的花瓣。我承受着花瓣的洗礼，我身上原有的那层表皮蜕落在地，又另外长出一层新的皮肤。那是能够敏感地攥紧每一个轻微刺激、能够清晰地感受到每一个细胞的喘息的皮肤，

是以前的自己所一无所知的真正皮肤。

我和百合也回到商务旅馆狭窄的单人房间。

“把那儿冰箱里的啤酒拿出来好吗?”

百合也答应着,在冰箱前蹲下身来。就在这一刻,我把挎包扯到胸前,迅速掏出那团用手绢包着的东西。

拿着啤酒罐站起身的百合也,发现自己的脸旁横着一把钝色的刀刃,停下不动了。这把细长的匕首,就是为了这一刻而准备的。

“莉子姐,你想杀死我吗?”

但是,他还是那样不慌不忙地说道。

“难道你在恨我吗?我们,曾经不是那么的快乐吗?”

“快乐!对,在我不断花钱的时候确实是这样。不过,就在我没有答应给你买那件羊绒毛衣后的第三天,你就失踪了。”

那时,莉子姐这个甜美的名字,除了床上,在别的时候也叫。

“莉子姐,这块手表不错吧。”

最初是在街上看到的劳力士表,以后,意大利制的大衣,棉制的却要近十万日元的衬衫,等等。付钱的是我。如果我稍有犹豫,百合也便不再勉强,所以我只能一一买下。但他只会发表意见,从不道谢。

百合也并不爱奢侈,只是喜欢有价值的东西,他自己这么说。作为证明，他所要的，是 DVD 歌剧全集，是芭蕾舞演出的贵宾席。在质朴的家庭中长大的我，现存的价值观里，这原是些根本不存在的东西，所以，每次都会让我瞪大眼睛感慨，啊，原来还有这样一个世界。

但最后，我还是感到情况不妙，不得不紧急刹车。那时我发现原来数百万日元的存款已经不满百万了。

“不过，这些也就算了，都是我自己愿意的。但最后你所做的，实在是太不像话了。”

百合也私自拿走我的保险证，办了一张信贷卡，透支了一大笔钱。

当那些信封上开着窗口、看不到寄信人姓名的催款信不断寄来的时候，我才如梦初醒。

这就是百合也准备好的我们两人的“最后”。

我不知所措、浑浑噩噩地度过一天又一天的日子，不久，催款的电话一直打到了学校。当满心狐疑的教导主任把我叫去询问的时候，我不得不一一坦白。编个故事蒙混过关，我没有这份机灵。

知道了事情原委的父母，不由得仰天大怒，他们还得心慌意乱地跑到借我房子住的亲戚家，为自己管教不严而痛哭流涕。

“姐姐可真是个傻子。不过，这可不是自作自受?”小我 5 岁的妹妹嗤笑我说，“还是快去报警吧。”她正儿八经地说。不过报警这种事，父母是不会答应的。围住我坐着的亲属们就是一个法庭，一起审判着我这个被告。

父母替我还清了债务，我又重新搬回了父母家住。但波纹并未就此平息。

和平山最后一次通电话时，他说：

“山崎老师真是个可怕的人啊，可让我丢尽了脸面。”

我很难想象那个稳重的人，会说出这样的话，只觉得心里冰冷彻骨。但这并不是他的错。因为我从没对片山感到有任何的不满、不足。

年级主任泷田老师的态度就明显可怕多了，她把所有麻烦的工作都推给了我。大概，她心里也挺喜欢百合也的。

“我是个有洁癖性格的人，我可不能原谅山崎老师所做的事儿。”

说这话时，我能从她的眼睛里看到某种和自己相同的东西，我便再也说不出什么，只是把这一份怨恨也加在百合也身上。

县内的教师，大都在县内的各个学校之间调来调去，所以大家其实都是一个大单位里的同事。开春后，我转到了别的小学，但在那儿，有关我的事很快就传开了，同事们在私底下说长道短，添油加醋，既有趣又可笑。

“你把那些自作主张借的贷款统统还给我。就是这样也不行。你把我当成好欺负的女人，但我可最讨厌被人瞧不起，想要我就这样忍气吞声，绝对办不到。”

我失去了属于自己的一切。我一个人默默忍受着别人的作践，但我并非怯懦。为了有个了结，我一直追踪到今天。

“你要付出代价。不是用钱也用不着道歉。”

“代价？……”

“就是用这把刀。”

百合也的眼皮底下，横着的刀刃闪着寒光。

“我就用这把刀，刺穿你的脸，让你也彻彻底底受回伤，就在这里，就在今天。我要让你伤得再也不能靠容貌去欺骗其他女人。我失去了最宝贵的东西，你也必须付出你最重要的。”

就是这样。在我心里日夜膨胀着的怨恨，马上就能烟消云散了。

我的脊梁绷得笔直，警觉地感到他紧紧地盯着那把刀刃。

“如果这样能让莉子姐感到满足的话。”

他转过脸慢慢直起身来，抓住我握着匕首的手，把刀刃贴在自己的左脸。好像是在催促我赶快动手，他那只抓着我的手渐渐地用力，越摁越重。他是真格的。

快了、快了……我在心里重复着。可惜不是用箭射穿他的脖子，像那个殉教徒一样。但是马上，这张美丽的面孔马上就要淌满鲜血。我的愿望马上就要实现了。我要如愿以偿地让他留下深深的伤痕。

百合也的夹克的袖子往上卷着，灯光透过敞开窗帘的窗口照进来，在他手腕那儿反射出银色的亮光。那儿是一块手表。我心里“啊”地愣了一下，握住匕首的手一下子松开了。

坚硬的金属表带和清晰的蓝色文字盘，那是我最初给他买的劳力士，他还带着。就在我这样想着的瞬间，紧握刀柄

的手指顿时没了力气。

令人窒息的沉默。

我是那样满怀愤恨地赶来，但结果，还是不能毅然决然地狠狠下手。

我缓慢地蹲下身来，有气无力地捡起匕首。无论选择了多么锋利的刀刃，掉落在满是脚印的地毯上，看上去就像是塑料玩具一般。

莉子姐，百合也在我头上温柔地叫道，把手放在我的肩上。

别碰我，你别碰我。我想这样说，但叫不出声。

他的手贴着我的脸颊，滑到脖子，再侵入我的胸罩。就像以前一样，他用手掌抚摸着我的肌肤。就是这只手，抚摸着自己时那种被唤醒的感觉……

我突然有一种异样的感受，令我抽回了身子。刚才百合也用力抓着我，他的右手背靠近我的鼻子，但那儿闻不到一丝的香味儿。

“百合也，你现在是怎么样生活的？”

我这么一问，百合也的脸上露出有些吃惊的神情，我没有错过这个表情。怎么了，他反问的时候，显得有些胆怯。

“你的手，不一样了。”

他的手不一样了。那不是我所熟悉的百合也的手。

不知道是什么时候，我发现百合也有个习惯，他总爱往手上抹些香水。当我和他抱在一起时，脑子里便会出现花瓣的幻影，多半就是因为这个原因。每次和他约会的时候——

大概他和其他女人约会时也是如此——他从没忘记抹上香水。那光滑得像上等鹿皮革一样的双手，一直散发着轻微的芳香，简直让人怀疑那宜人的香味就是他的两手产生的。那绝不是刚才抚摸我胸部的那双手，像枯树叶一样在我肌肤上留下粗糙的触觉。

“莉子姐，你怎么了，简直敏感得叫人奇怪。”

百合也的眼光停留在自己的手上，轻声说道，此外再也没有回答我。

他像是为了打发沉默，抓过从冰箱里拿出来的啤酒，喝了一半，但终于还是沉默着走出了我的房间。

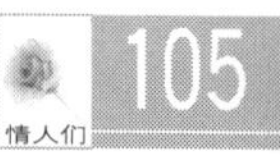

我拿过旅馆备置的薄薄的浴衣，披在身上，心里空荡荡的，整个人仿佛悬浮在半空。我睁着双眼，彻夜未眠。

我左思右想犹豫不决，最后决定离开旅馆。当我正在收拾行李的时候，百合也来了。

曾经那么讲究穿着的百合也，依然套着昨晚的那件夹克。在去车站的路上，他为信贷卡那事向我赔了不是，虽然只说了短短几句，但还是有些出乎我的意外。然后他还说了他现在的生活。

在这儿有个和他关系很密切的女人，得重病住进了医院。他想过要逃之夭夭，但却下不了决心。他眼下在一家餐馆的酒吧做些准备、洗刷的活，因为那女人没有加入其他商业保险，究竟要花多少医疗费心里也没底，为这事他简直一

筹莫展。

“其他更轻松的挣钱办法，你不是多得很吗？”

我不想再细听下去，语带讽刺地说道。

“那种事，早不干了。”

“莉子姐打电话来时，也想过这是个机会，但到底没那样做。靠糊弄女人挣钱，那样的事已经不想再干了。”他说。

“是吗……”

曾经那么光滑的双手，磨得越来越粗糙，家里也不再有一瓶香水，以前的那个百合也，正过着这样的生活。为了一个女人，他忧心忡忡焦虑不安。我分不清自己是嫉妒还是懊丧。

就说是探病，去看看那到底是个什么样的女人。这个残酷的冲动像开了锅的水一样在我心里沸腾起来。但我马上为自己的冲动感到害怕，我知道，对于重病在身的人应该心怀同情，任何坏心眼的念头都是一种罪恶。

“你可算是穷困潦倒了。”

我一半像获胜似地洋洋得意，一半又相反，像是哀叫一样，高声说道。

“从我这儿把钱一卷而光，还装着没事似的，是你干的吧？那种事不想干了，说得好听。欺骗了多少女人都无所谓，这不就是你吗？”

我嘴里这么嚷着，但我想说的，其实并不是这些。我的内心感到极其矛盾。因为在我心里，我希望百合也永远就像花瓣一样盛开。

和我在一起时的百合也，装模作样，嘴角挤出微笑让对方自己去判断，把受到女人注目看成是理所当然的事，狡猾，没有责任感，自以为了不起似地说什么喜欢有价值的东西。要不是我没去报警，他也许早就被判有罪了。虽说并不像是干过什么罪大恶极的事，但谁也不知道他在其他地方都干过些什么。

但是，那才是百合也。正因为那样，才显出他的美。

但是现在，老实说，他已经成了一个吝啬、小家子气、没气派的男人。

午前白晃晃的阳光照在他的身上，或许是因为疲劳，他看上去显得那么地不起眼，就像是一张被晒得退了色的泛黄的照片。

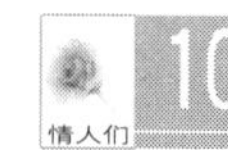

没有了，这个男人，再也没有以前的那种美了。

“求你一件事儿。”

百合也好像有些不好意思地开口说。

“这块劳力士，你能买下吗？十万，二十万左右吧？”

“你说什么？”

我禁不住尖叫出声来。

“我需要钱……但是，我实在是很喜欢这块表，不想把它卖给当铺。我想如果莉子姐能买下来的话那最好了。”

“其他能卖的东西全卖了，拜托你了。”他朝我轻轻地低下头来。

多么厚脸皮的要求。原来就是我送给他的东西，现在还要我付钱？

但是，稍微考虑了一下，我答应了：

“好吧，我买下了。”

虽然直到最后都让我觉得划不来，但这样做一切就结束了，把表拿回来，然后干干净净地忘掉这一切吧。

这个月的工资刚汇进我的银行账户，我从自动取款机里差不多把全额都取出来了，然后装进银行的信封递给百合也。他默默接了过去，把信封塞进口袋。那动作看上去是如此卑屈，我不由得转过脸去。

比起流浪汉们搭建的那一个个小房间，更让我感到异样的是，从那儿步行不消十分钟，就到了东京都政府那高高耸立的白色大楼，以及林立在它附近的超高级宾馆的所在地。行人们不关彼此行色匆匆地来往于两者之间。

百合也说送我到新干线的候车大厅，跟着我坐上了中央线电轨车。到了东京站，两人进了站内的咖啡店，谁都几乎没有说话。那店里的咖啡就像掺了泥水似的乏味。

走上候车大厅，我跨进等待出发的西行的新干线。

百合也还没有离开候车厅，我便站在车门附近，没在座位上坐下。

广播里传出准备发车的通知，在这大得连空气都要被撑破的声音里，车门关上了。就在这一刻，

“莉子姐——”

百合也忽然仰起头，朝我喊道：

“谢谢。”

我想他是在谢我为劳力士付了钱吧，可我并不想听什么

道谢的话。

车门将我和百合也隔开了，新干线开始滑行，慢慢加速。

我找了一个空着的双人座位，没脱外套便一屁股坐了下来，无意识地叹了一口气。

我直起身重新坐稳了，就在这当口，腰际好像有什么东西轻轻地沙沙作响，我把手伸进口袋，里面有一个厚厚的白色信封。那是银行的信封。

——是百合也放回这儿的！

什么时候？对了，在咖啡店，离开那儿时，是百合也为我套上外套的。

我不禁把脸凑在车窗上，但候车大厅已经很远了，什么也看不见，但我还是瞪着眼睛紧盯着渐渐远离的那个方向，希望能在拥挤的人群里找到默默离去的百合也的背影。

“谢谢”——那么刚才他是为了什么而向我道谢的呢？

为什么，他又把钱还给我？为什么还给我了还要说“谢谢”？你究竟是在谢什么？

百合也、百合也……好端端已经拿到了的钱，居然又悄悄还给了我。真是个傻瓜，傻瓜。

我的心像开裂似地剧烈疼痛起来，眼泪不听话地簌簌往下掉。就是在受到身边所有人指责的时候，我也倔强得没有掉过一滴后悔的眼泪。

我是爱着百合也的。那确实是爱。

因为爱，所以我才会怨才会恨，才会追踪到了这里。

如此简单的事，直到现在，我才总算明白。

做不到，做不到。要忘记过去，我做不到。

但是，凭着直觉我能够领悟，我和百合也之间的所有丝线，都已经断了。我不会再次见到他了。他所做的已经让我们不可能再有见面的机会了。

我真正失去的，除了别人的好评别人的信任，肯定还有其他更重要的东西。我不知道如何打发以后的日子，我心里回想着和百合也在一起的三个月，也许只有那三个月才是唯一一段有意义的日子吧。我的头靠着车窗，只觉得心灰意冷。

水镜

仓本由布

生于静冈县滨松市，毕业于共立女子大学文艺系。1984年以作品《夏天的绿色 夏之终结》获克巴鲁特文学奖·长篇小说大奖提名，以高中生作家的身份步入文坛。以后，以历史题材的爱情小说活跃于文坛，著书有《安土梦纪行》系列、《君姬们的源氏物语》、《天使的教规》等。

微弱的阳光刚从云缝里钻出来，不一会儿，雨又下了起来。细丝般的雨下得并不稠密，在落到人身上的第一滴和第二滴雨滴之间，有相当一段间隔，所以即使不打伞，也可以在路上走一段。

可绘的手已经伸进提包摸到了折叠伞，但她还是把手收了回来，正是这时的事。

“这天气可真讨厌。”

突然，可绘听到有人在她左肩侧这么说道。

就在一瞬前，可绘还以为自己四周空无一人，所以她不由吓了一大跳，心脏怦怦直跳。但同时她也回过了神来，意识到自己刚才竟是如此恍惚。

可绘回头望去，一个看上去比 26 岁的自己年龄稍大的女子，同样也没打伞，边望着天空边往前走着。在这条和 JR① 横须贺线平行的马路上，只有可绘和她两个人。

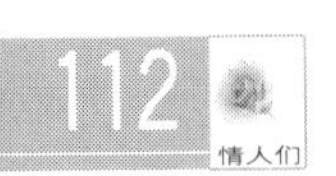

当可绘看着她的时候，她微微地笑了起来。虽然说不上是美人，但她的笑容是那么温和，让人感到容易亲近，于是可绘也对着她笑了笑。

“这天气可真讨厌啊。”

她面朝着可绘，又将刚才说的重复了一遍。可绘暧昧地“啊”了一声，算是回答。

“一下雨什么都模模糊糊的，让人该往哪条道走都看不清楚。但是……”

她说着停下脚步，

“要寻找什么的话，倒是这样的天气容易找到。”

“要寻找什么的话……”

可绘也随着停了下来。要寻找什么的话——说这话时，

---

① 铁道的英文缩写。由 JR 东日本等 6 个客运公司和 JR 货运公司组成。

她的语气好像很是意味深长。为什么她要说这话？可绘觉得自己的秘密被看穿了，心里很不舒服。

其实可绘今天，就是为“寻找”才来镰仓①的。

可绘和比自己大2岁的后藤开始交往，已经有半年了。

有一次被朋友邀去喝酒，可绘在那儿认识了后藤。后藤并不是个能给人留下很深印象的人，而且当时大家在一起时的气氛也不怎么高涨，但不知为什么两人后来就联系上了，并开始一起外出吃饭什么的。当时可绘并不觉得自己对后藤很中意，而后藤似乎对可绘也没有特别的感觉。可绘唯一能够想到的理由，也许就是因为那天大家去了两家酒馆，在两家酒馆两人正巧都是相邻而坐，接触的时间比较长，如此而已。而后来，每当两人一起外出吃饭，又会约好下次的见面时间。时至今天，两人一起共度周末已成理所当然的事了。后藤一个人生活，有时他装着很随便的样子邀可绘去他的住所玩，遇到这种情况，两人便会做爱，可绘也不觉得有什么别扭。

可绘并没有什么可不满的。后藤是个稳重的人，每当决定要做什么的时候，总是说：

“可绘，你看这样行吗？”

---

① 位于南邻东京都的神奈川县内。1185年武将源赖朝建立了以镰仓为全国政治中心的武家政权，至1333年灭亡，历时149年，史称镰仓幕府。现为日本著名旅游观光地，保存有镰仓大佛、鹤冈八幡宫等名胜古迹。

他常常这样征求可绘的意见，这让可绘很愉快。虽然他并不是要让可绘替自己拿主意，不过是将已经决定了的事，告诉一下可绘而已。

后藤已经28岁了，也许他并不是单纯地把可绘当作恋人，而是把她看成以后可能结婚的对象。而照眼下这样发展下去，两人确实可能会结婚吧。对可绘来说，从短期大学毕业，已经工作六年了，心里也早有了辞职的念头。

可绘在一家小型证券公司从事着事务性的工作，主要是做一些营业上的辅佐，比如为外出跑顾客的业务员准备好现金、证明书，或者必要的股票等。接待来店里的顾客并不属于可绘的工作范围，但店里忙的时候，可绘也要帮忙。因为离车站较远，平时店里客人不多，但正因为这样，店里的职员很少，往往显得人手不够。想要调休一天，那得看情况而定，至于大型连休，那是绝对享受不了的。

忙忙碌碌的白天还好，但到了夜晚，当可绘一个人呆在屋里，那份难以忍受的空虚感，便一下子袭上心头。每个明天都将和今天一样，这样的生活究竟要持续到什么时候？早上起来，梳妆打扮，然后坐着巴士，一路颠簸去店里工作，然后回家，睡觉，再起床……

如果五年后的生活仍然如此，那怎么办？这样一想，可绘的心情简直焦虑得受不了，往往整夜整夜地睡不着。于是，到了第二天，她便会和后藤联系，在电话里有些过分地和他亲近，向他撒娇。

结婚后总会有什么变化的，可绘这么盘算着——她的心里充满了这种空虚的感觉。和他在一起的时候，可绘确实有“和他结婚”的愿望，可是当她一人独处时，又觉得自己显得那么浅薄，心里满是懊悔、伤感……

可绘像是迷失了自己。就是和后藤的交往，也不知道究竟算是怎么回事。在26岁这个年龄遇到的男人，把他和结婚直接联系在一起，觉得这是件很自然的事，不就是这样吗？自己到底是想恋爱，还是只是想结婚？

就在那些闷闷不乐的日子，可绘的记忆里突然浮现出一张脸。那还是初中生的时候，那对仿佛陷入困境的、殷切而苦闷的眼睛……

“我，是来找人的。”

可绘轻轻说。

要找的人，他应该住在镰仓——不，也许他已经不住在这儿了，因为他搬到镰仓，那已是15年前的事了。但不管怎么样，我一定要来这儿看一下。

“要能找到就好啦。”

女子微笑着，向前走去，可绘也跟着跨出脚步。

“我有他的地址，原以为只要来了，总能找到的。可具体的详细地址，在地图上查不到，我只得边走边对照人家门牌号码上的地址，搞得别人都用奇怪的眼神看我。”

可绘心想，自己是不是尽说些不必说的话？但那女子一直静静地听着。

到了寿福寺前，道路变得狭窄了，稍不注意，车辆通过时就会有危险。正巧这时，在竖着电线杆的路段，两辆车迎面疾驶而过，可绘她们不得不停下脚步。可绘不禁咕哝道：

“这车真是的，就不能停一下让行人先过吗？”

那女子没答话，不慌不忙地等着车子驶过，可绘看在眼里，觉着有些不好意思，便不再说什么。

真是个奇怪的人。看她空着双手，对这儿的路也挺熟的，应该是本地人吧？

“您这是去哪儿？”

可绘问道。

“我也是去找人。不过，已经找到了。”

“那您是回家吗？”

“不，我去给丈夫上坟。”

那女子回答。可绘一时不知说什么才好，只能沉默下来。

那女子的年龄看上去只比可绘稍长一些，但她却已经失去了丈夫。这种时候，应该说些什么？可绘实在不知道如何开口。她心里挺着急的，心想我怎么这么笨呢，便悄悄看了那女子一眼。

这一看，可绘顿时有一种怪怪的感觉。

刚才看那女子时，确实觉得她只比自己大一点点，但现在，她看上去好像已经年近四十了，眼底的皱纹增加了不少，脸颊也失去了弹性。

原来觉得那女子很年轻，那是自己的错觉吗？

可绘不由呆呆地注视着那女子，但女子好像毫无察觉，问道：

“那您准备怎么办？”

“啊？”

“您现在，准备怎么办，还继续找吗？”

“啊——是的。”

既然已经来了，可绘希望有所收获。

“您一定得见那个人吗？”

“一定？怎么说呢……”

“那您是为什么来找他的？”

“……只是突然这么想起来的。”

说不清。

在整天想着和后藤的事儿的时候，可绘的大脑缝隙，一下子冒出了这个念头——我要和他见面。这个念头不断地、一个劲地在可绘的心里搅动着，一定要见到他。

为什么会有这个念头？说不清。

“是以前的一个朋友，那还是15岁时的事……”

“啊呀，是初恋的人吗？”

女子的这句话，仿佛甜蜜地穿透了可绘的心。

初恋——不知道那算不算是初恋，但至少当时，可绘并没这么想过。

虽然他们是同班同学，但可绘和他——小泽章司，几乎

没有任何的接点。可绘开始有意识地注意起他，那是在初中三年级的时候。当时，可绘担任着班级委员，如果不是因为这，可绘肯定连和章司说话的机会都不会有。章司个头很高，这个15岁的少年，肩膀已经宽得像成年人一样了。和质朴的可绘不同，章司在班里是个引人注目的学生，对可绘来说，那也是个很难接近的人。

已经面临高中升学考试的最后阶段了，平时再怎么满不在乎的学生，这时也开始战战兢兢起来。但就在这时，章司却整整一个星期没来学校上课。班里的同学都拼命忙着自己的事儿，似乎谁也没有注意到章司。

但是，可绘是班级委员，每天画点名册是她的工作，她看到在章司的名字旁，已经画上了一长串表示缺席的×印。虽然近来患感冒的人很多，但眼下是关键时期，即使得了感冒，大家也都撑着来学校，所以在名册里，章司的那串×印就显得特别醒目。

一个星期后，章司又像没事似地来学校上课了。就在看到章司的那天，可绘拿着点名册去教师办公室。也许是没有注意到可绘吧，可绘听到自己班的班主任和另一个班的班主任，正毫不介意地谈论着。

“这就是说同居，是吧?”

“这么说可有点……”

“可他们不是一起住着吗?”

“可也是啊。”

“小泽这学生……总觉得他像是会闹出什么事来。”

“可没想到，会和女孩子一起……哎，算了，总比干出让警察找上门来的事儿好些。”

“可不是吗。”

两人还想说下去，但他们终于发现了可绘，于是尴尬地闭上了嘴巴。可绘装作什么事儿都不知道，走出了教师办公室，但她的心脏早就紧张得扑通扑通地狂跳，简直快要跳出胸膛了。

同居。——对还只有15岁的可绘来说，这个词儿实在过于刺激。虽然在电视剧、漫画、小说里也曾看到过，但想不到就在自己的身边，也会出现这样的事。同居？就是那个小泽章司吗？他一个星期没来上课，就是因为和女孩子在一起，两人在什么地方住着吗？

可绘返回教室，刚想回到自己的座位，却正好和章司擦肩而过，可绘忍不住直盯盯地注视着章司的脸，章司也不禁满脸狐疑地看了看可绘。这一来，可绘觉得自己的心跳得更厉害了。

自那以后，可绘的目光总是无意识地追逐着章司的身影。当然，那并不是恋爱的感觉，只不过可绘对章司充满了好奇，因为章司知道可绘所不了解的世界，如此而已。所以，谁也没有发觉、也不会嘲笑可绘总是偷偷地打量章司。

私立高中开始考试的第一天，几乎所有该考试的人都去参加考试了。那天，学校不上课，三年级的教室里静悄悄的，来学校的人大家都凑在图书室复习，可绘也是其中之一。

因为想起把东西忘在教室里了，可绘便回教室去拿。走

进教室，那儿只有章司一个人在，当他看到可绘走进门，便慢慢转过头来，看着可绘：

“……怎么了？”

章司用沙哑的声音问道。

“忘了带东西。”

可绘回答的声音，好像也有些沙哑。

可绘挺不自然地走到自己的座位上，从书桌里拿出忘了的东西。她感到章司正一动不动地注视着自己的动作，脸上不由得直发烫。

章司坐在靠窗的座位，刚才好像一直愣愣地看着窗外。为什么他一个人呆在这儿？为什么不和大家一起去图书室呢？

可绘有很多事想问他，其中最想问的，莫过于那一个星期，“和别人同居的事，是真的吗？”可绘实在是太想问了，但现在有机会和章司说上话，心里紧张得扑通扑通地直跳，说不出话来。

教室里只有他们俩，但两人都沉默着不说话，让人觉得尴尬。什么都行，和他聊上几句吧，可绘拼命考虑着该如何开口，章司突然说道：

“你还在看那本书吗？”

“……书？”

“以前你看的那本，就是那本，好像挺深奥的书？”

可绘怎么也想不起来。可绘平时看的书很多，即使在学校里，比如在自习累了的时候，可绘便会拿出看到一半的闲书。他一定是看到自己在看什么书了吧，什么时候？

可绘歪着头想了想，章司说：

“没什么，算了。”

他微微笑了笑，又转过头去看着窗外，好像一下子把可绘给忘了似的，可绘便轻轻走出了教室。

那以后，进入了高中升学考试阶段，接着又是毕业典礼，每天既紧张又忙碌，就再也没机会和章司单独说话了。不久可绘成了高中生。

“扇谷就在这一带吧。”

可绘拿出写着地址的便条，给女子看了。便条上写的是扇谷一号街，而寿福寺的地址正是一号街，可绘觉得应该就在这附近。

“是啊。”

女子模棱两可地嘀咕了一声。可绘看着她的侧脸，觉得看上去又比刚才苍老一些。可绘慢慢眨了眨眼睛，重新看了她一眼，又觉得她的脸似乎也有些歪斜。自己的感觉怎么如此奇怪？可绘慌忙又眨了眨眼睛。

“我也不是很清楚，我们还是再朝前走一段看看吧。”

女子催促着，于是两人继续朝轨道沿线的北边儿走去。

“这一带，也和以前完全不一样了，你要找的地址究竟在哪个方向，我完全搞不清，真是对不起。”

女子道歉说。可绘心想，自己并没有请她带路，只不过

两人同路、结伴而行罢了，没必要道歉的，这样反而让自己觉得挺不好意思的。看得出来，她是个很实在的人，乐于帮助人，可绘不再说什么，默默接受了她的好意。

“您是本地人吗？”

“是的。我在镰仓生活，那是很久以前的事了。”

“您丈夫的墓也在镰仓吗？”

“嗯，是的。”

又朝前走了一会儿，道路往左拐，和铁道线叉开了。这时，雨下得大了些，可绘拿出伞，让女子也躲到伞下来。

“太谢谢了。”

她很高兴似地笑着，说：

“再往前走，好像就通向化妆坡了。”

女子轻声地说，注视着前面，像是在探道。

“那儿也有住着的人家吗？”

“不知道啊。”

笔直朝前走，肯定会有一家寺院，可绘出门前曾经查过旅游手册上的地图。到她所说的化妆坡，应该在半道上往左拐。

女子朝前走着，她静静地问：

“您知道他的地址，为什么还要这么拼命地找呢？”

她这么说，是想问，既然你知道他的地址，为什么不事先写封信和他联系一下，问清楚具体位置以后再来了？

“嗯，因为和对方关系并不是那么密切。”

该不该给对方写信，自己有些顾虑——可绘这么解释说。但实际上，这次旅行是可绘昨天晚上才突然决定的，没时间做种种准备。

今天早上可绘急急忙忙地出了门，并没有告诉家人要来镰仓。当然，也没告诉后藤……

可绘心里明白，如果不知道章司的住址，就不会有今天到镰仓来的事了。

可绘曾经收到过章司的明信片，只收到过一次。

听说章司的家搬到了镰仓，那是可绘高中一年级放暑假的时候。和以前的同班同学们凑在一起，大家都很久没见了，回忆起初中时的事儿，不知谁说：

“小泽好像搬到镰仓去啦。”

“小泽，听说他曾经和附近学区的初中女生同居，你们听说过吗？”

有人这么问。对可绘来说，这可不是传说，可绘知道确实有这么回事。可绘一时不知应该如何反应才好，好在其他女孩听了马上嚷嚷起来，只要佯装不知道就行啦，可绘安下心来，装作津津有味的样子听着。当时自己可是听得清清楚楚，而别人似乎都不知道到底有没有那回事。

那天回到家，仿佛有谁故意安排好时间似的，可绘收到了一张章司寄来的“夏日问候”的明信片。

母亲特意把那张明信片放在可绘房间的书桌上，可绘回到家刚换好衣服，就看到了那张明信片，她一下子紧张得喘

不过气来。

为什么……？我和他的关系并不是那么密切，他为什么寄明信片来？

可绘又仔细地确认了一下寄信人的姓名，然后把明信片翻了过来。

那是一张印着大海的颜色的明信片。画面上只有海的颜色，比蓝色淡些，又比青色深些，明信片上只有简单几个字：

“因为我记得你曾经说过想去镰仓。我还是想不起你看的那本书里的人的名字。叫什么来着？”

曾经说过想去镰仓——？谁？是章司吧？要不是可绘？究竟是怎么回事？章司以前也对我提起书的事儿，也和这有关吗？

可绘沉思苦想，终于，她“啊”地叫了起来。

想起来了，自己和章司曾经有过一次交谈。那是初中三年级第二学期快结束的时候，自习的时间，可绘正在看书，章司走过来说：

“看什么书呢？”

“历史小说。”

可绘回答道，可心里有些忐忑。在可绘看来，章司和自己不一样，他是属于打扮得花里胡哨、整天游玩的那伙人的，知道自己在看历史小说之类正儿八经的书，章司会不会笑话自己？

但章司却由衷地表示佩服说：

“历史？你在看这么深奥的书？”

可绘放下心来，于是很热心地向章司讲述自己沉迷在这本书里的感觉，而章司则一直听到最后。那次，就是这么一回事。

那时自己看的，是一部以镰仓为舞台的小说，书里的主人公是北条政子，也就是镰仓幕府的创始人源赖清的妻子。小说描写了北条政子的坚强一生，虽然她的丈夫和孩子相继先她去世，但她依然鼎力支持着幕府。当时正阅读着这部小说的可绘，完全被书中的人物给迷住了，所以一定让章司留下了很深的印象。可绘看完那本小说，过了一段时间，也就把当时沉溺在小说里的感觉全忘了。

那次，章司最后说道：

“你真不错啊，有这么喜欢的东西。”

当时，章司像是很羡慕地说。可绘回想起来，心里有些难过。

“那时的小泽，也许就在为什么事儿烦恼吧，当他看到我无忧无虑地说喜欢镰仓什么的，打心眼里觉得羡慕，所以一直记在心里。”

可绘一点点叙说着，边往前走。

那时的小泽，究竟遇到了什么事？当可绘很想知道的时候，章司已经远远地离开了。现在可绘觉得只要有一个地址总能找到，但对当时高中一年级的可绘来说，镰仓简直远得和天涯海角一样。

不久，看到明信片时的那份伤感，随着忙忙碌碌的日子

而渐渐烟消云散了。但是昨天晚上,早已遗忘了的小泽的脸,却又突然栩栩如生地浮现在可绘的脑海。

于是可绘马上动手寻找那张明信片。她不是那种随便乱扔书信的人,很快就在保存在壁橱里的邮件堆里找到了,明信片上那湛蓝的大海的颜色,依然那么醒目。

然后,可绘心里激动不已地决定,明天就去镰仓。无论如何都要去一趟镰仓,见到章司,问问他那是为什么。

为什么要特意寄来明信片？为什么念念不忘那次会话？

当时觉得远如天涯的镰仓,其实出了家门不过两个小时就能到了,可绘心想,那时的自己真是幼稚得可爱。

“我们两人最后在教室里说话的那次,要是我鼓起勇气问问清楚就好了,那就不会像现在这样,什么都是含含糊糊的了。这样一想,我真是后悔。”

两人边说边爬上坡道。这条坡道一直通往化妆坡,因为坡道两旁有不少住宅,可绘以为爬起来不会怎么费劲,可没想到那坡道很陡,没多久就累得气喘吁吁。不过可绘发现,那些安装在住宅外面的信箱,上面写着的地址,好像和章司明信片上的地址越来越接近了,可绘便不准备再打退堂鼓。

“要是你再拿出些勇气,也许,你的人生就和现在不一样了——您是这样觉得吗?”

女子平静地问道。她走在这么陡峭的坡道上,大气不喘,脸上也不见出汗,步子丝毫不乱,可绘为了给她打伞,不得不拼命赶上她的速度。

“是啊,也许是这样。当时并不认为这是恋情,但现在回想起来，好像就是非常痛苦的初恋吧。”

希望再出现一次那样的恋情——是这么想吧？如果见到了章司，两人之间也许会有什么新的开始，是这样吧？在和后藤一步步走向婚姻之前，还想停下脚步回首往事，重新回味一下当时的那份感觉。

“他说有很重要的话要和我说。”

是的，约好了今天要和后藤见面的，他说到时候有重要的事要和可绘说。这让可绘的心情十分复杂。重要的话？——如果他提出结婚的事那该怎么办？可绘还没有做好决定，心里还没有完全考虑清楚。不止是这样，可绘觉得，在对方挑明了这事的同时，似乎有什么就将结束了。这让可绘感到有些害怕。那是什么？那是属于可绘一个人的、每一个自由的日子。究竟是想恋爱，还是希望结婚，可绘似乎在为此烦恼，但这烦恼不过是可绘不经意间找出来的理由而已。实际上，可绘只是感到害怕。

所以，可绘逃避到了这里。她想见章司，见到之后再作决定。现在可绘到了镰仓，这样的想法就更强烈了。不管怎样想要见到他，这以后的事，在见到章司之后，自然就会开始的。

可绘的心脏跳个不停，这并不完全是因为坡道的关系。她有些兴奋，手脚直发热。或许，马上就能见到了吧？马上——

“——你看！”

正在这时，那女子高声说道。

可绘顺着女子手指的方向望去，眼前的那幢房子，在涂着白色油漆的铁门的一侧，有一只大红色的信箱，那上面写着的地址，正和明信片上的一样！可绘的心顿时狂跳不已。

可是，仔细看时，信箱上的名字不同，那上面的名字不是“小泽”，而是“远藤”。这儿不是章司的家。

结果到底还是这样——可绘心想。

不管怎样，先上远藤家证实一下吧。远藤家的人告诉可绘说，自己是三年前搬来的，以前住在这儿的好像是叫小泽。可绘终于明白，章司的家又从这儿搬走了。

一路上思前想后地来到镰仓，最后还咬紧牙关爬上这条陡坡，结果却是这样。可绘非常沮丧，浑身无力，她勉强支撑着走出远藤的家。

“哎呀，真遗憾啊。”

女子在一旁说道。虽然她脸上露出打心眼里感到难过的神色，但可绘却不知怎么地，觉得她有些满不在乎，还显得有些傻傻的。眼下，那女子看上去简直和自己的母亲年龄相仿。

可绘忍不住想笑。女子说话的声音，也像母亲用手抚摸着自己的头发那样，让可绘感到安下心来。从早上起一直淤积在心里的紧张和疲惫，似乎一下子全消失了，可绘终于笑了起来。那女子在一旁满心奇怪地看着笑得连肩膀都不停颤动的可绘。

那女子究竟是谁？为什么她的外表总像在不断变化？这肯定不是自己的错觉。最初遇见她时，她的年龄看上去并不比可绘大多少，但现在，怎么会苍老到这个样子？

“谢谢您陪我来这儿。”

可绘向她低下头。女子刚才说要给丈夫上坟的，这下该轮到可绘陪她同行了。现在就回去时间还早，陪她一起去的话，也许还能知道她到底是什么人。可绘心里充满了好奇。

女子穿过 JR 的轨道，似乎是朝鹤冈八幡宫方向走去。可绘完全不认识路，只能紧紧跟着那女子。刚才可绘尽情地笑了一阵，可现在压抑和空虚感又袭上了心头，可绘的话也渐渐少了。

不久，雨下得小了，可绘收起了雨伞。周围散发着雨后特有的芳香，四处雾气蒙蒙的。云散开了，天上又出现了淡淡的阳光。随着离八幡宫越来越近，路上的往来行人也多了起来，没多久她们已是走在人堆里了，女子轻声说了一句：

“你想见的，究竟是谁？”

“嗯？”

“你想见的，真的是那个叫小泽的人吗？要不……”

她想说什么呢？可绘沉默着，看着她张合的嘴唇。

“要不你想见的，是过去的自己吧？”

女子孩童般纯真地微笑着。可绘将视线从她脸上移开，心里默默回味着她的话。你想见的，是过去的自己——

马上，可绘用手拍拍额头，心里“啊”地叹了一声，又抬头

看着那女子。

“你真不错啊，有这么喜欢的东西。”

可绘又想起那时章司说的这句话，那声音仿佛就来自自己的心底。真好啊，那时的自己——

那时的自己，远比现在动人，比现在快乐，可以尽情地沉溺于自己喜欢的事情，用不着为想象五年后的自己而陷入忧郁。也许内心确实希望重新返回到那个时候。也许正盼望着与章司的重逢，让自己回到从前的那个初中生。

“你要找的，是你的回忆啊。”

女子说。

“今天就是往日的故事。所以，没见到小泽那个人，并不是坏事。回忆就让它永远是回忆吧，这样它才更美丽。”

她说得那么认真，可绘忍不住问道：

“那你也有自己的回忆吗？”

这一问，女子意味深长地笑了。

两人穿过八幡宫，来到一所小学前，沿着小学的空地朝前走，不久到了道路的尽头，然后从那儿再往左拐。

“美丽的回忆，那可有许多，不过，到了我这个年龄，我想寻找的最珍贵的东西，莫过于那些对于孩子们的回忆，总有一天我会带上所有的回忆，去我丈夫那儿。每年一次，我就是以这样的心情走在镰仓的道上，不管这个地方如何变化，我一直如此。”

半道上，她们又向右拐去，走进一条小巷，小巷的地面铺设得很漂亮，一直通向很远的地方。

“你的人生还长着呢，可不能逃避到回忆中去，一定得向前看。回顾往事，那应该是很远的将来的事。——可是到了那时，无论多么美丽的往事，都会躲到记忆的角落里去的，因为那时，对你来说，一定又有了更重要的事儿了。”

“那么，对你来说——”

“孩子和丈夫。”

女子很幸福似地笑了。

“你的人生还长着呢，不管你做出什么决定，一切都不会就此结束的，前面还有更重要的事儿在等着你呢，所以不必着急，你不妨慢慢地考虑。什么都不会结束的，只有新的将要开始。”

女子说着，在转向左侧的小路口停了下来，

“我丈夫就安眠在那前面。”

女子用唱歌似的声音轻声说。在她身后，竖着一块“源赖朝之墓往前”的导游牌。

那女子留下呆呆地站在那儿的可绘，一个人翩然而去，她的背影很快消失在雨后的雾气之中。

可绘独自站了好一会儿。

“……北条政子？”

可绘咕哝道。那人，是源赖朝的妻子北条政子吧？把可绘和章司连接在一起的那条小小纽带，那本小说的主人公——

我遇到了幽灵？要不就是那女子故意装出那样子糊弄我？

没必要去解开这个谜团了，就让它永远是一个谜吧，有朝一日，它也会成为自己的美丽回忆，就像现在开始想起昔日的章司一样。

什么都不会结束的，只有新的将要开始——可绘在心里重复着女子的话。

这就回家吧，然后给后藤打电话，马上和他见面。无论他向自己提出什么，那不过是一个新的“开始”而已。后藤在说完“重要的话”之后，一定会像往常一样，征求可绘的意见说：

“可绘，你看这样行吗？”

那么，到那时再考虑行不行也不迟。

可绘又朝那女子消失的方向看了一眼，然后回过身去，朝镰仓车站的方向走去。

雨已经完全停了，前方只有一片耀眼的阳光。

旅　猫

横森理香

山梨县出生。从多摩美术大学毕业后，赴纽约游学。1992 年归国，以《纽约夜游》一书登上文坛，此后一面从事小说、随笔创作，一面以时事评论员的身份活跃于社会。著述有《女人的志气》、《马上带来幸福的 70 条意见》、《泡沫纯爱物语》、《简单·时髦》、《美丽孕妇》等。

君雄来我家，是炎热的夏季快结束时的一个傍晚。那时我在二楼的晒台上乘凉，漫长的大学暑期正让我闲得无聊。

我们家地处旧居民区，在一条大河的堤坝附近，是一座建筑年龄已有四十年的旧房子，二楼有一个时下已经很少见的晒台，是和式的那种，大致上呈四方形，小时候我经常在这儿养金鱼、放烟火。

蚊香的味道，洗得褪了色的女式背心、棉布短裤，有些破烂了的团扇，还有温热的大麦茶，吃剩下的西瓜皮和瓜子，以及坐上去便嘎吱嘎吱作响的藤制躺椅，那个夏日的傍晚，我就在这些东西的包围之中坐着乘凉。我并不讨厌这样的时光，但多少也有些寂寞。

“哎，我一定要养只猫。”

我一个人自言自语地说。

就在那时，从楼下传来久违了的吉他声和柔和的歌声。

是君雄?!

我从藤椅上蹦起来，急速跑下楼去。

“美雪！干吗这么大声？你不能安静点下楼吗?”

正在准备晚饭的母亲，在厨房里嚷道。

“哇……哦……”

我胡乱地回答，朝着歌声的方向跑去。

嘎啦嘎啦拉开大门，走到门外，我看到了正抱着吉他唱歌的君雄，还有我的祖母。

“噗!”

我忍不住笑出声来。君雄对着祖母唱着，而祖母合起双掌，朝君雄拜着。

“讨厌，奶奶，你这是在干吗呀?”

我对祖母说。

“啊美雪，哎呀这人，我正在院子里洒水，他突然就出现在我面前，还对我唱起歌来，简直像个神仙一样……”

我笑着看着君雄：

“你果真来了?”

“嗯，来了，夏天也快结束了。”

“真不敢相信，光有个地址你就能找到这儿。”

“嗯，我是个旅人嘛。”

在黄昏的暮色中，君雄背着他的民俗吉他，站在我家的院里。我的心里涌起了一阵亲近的感觉。

“真像做梦一样。”

“不是噩梦吧?”

哪儿啊，我摇摇头。祖母边拉开房门边说：

“好了好了，你们俩别站在那儿了，外面蚊子多，快到里面来吧。”

祖母也没问一下他是谁从哪儿来，就邀君雄进屋。

“肚子饿了吧?”

我问站在房门口脱草屐的君雄。

“嗯。”

从厨房里飘散出饭菜的香味儿。君雄一定是肚子饿了，被这香味引来的。

第一次遇到君雄，是在一个小岛上，那是八月份，我和好朋友真利一起去那儿旅行。那时真利和我都刚和男朋友分了手(老实说我是被男朋友甩了)，两人的暑假都过得挺无聊，所以我们多少带着些寻找刺激的心情，决定一起去那个

以追女孩出了名的小岛玩。

“哎，看不到一个像样的男人。”

真利用厚底沙滩鞋挖着沙子，说。

“是啊。”

我们来这里前，拼命把自己打扮得更年轻，穿上在高中不良女生之间流行的泳装，梳成她们那样的发型，但结果招引来的都是些脸晒得漆黑、像大猩猩似的玩冲浪的家伙。

“我并不是讨厌玩冲浪的人，要不也不会到海边来了。但你说同样是冲浪的，怎么就没一个长得像木下戴维那样的。”

真利往已经晒得够呛的胳膊抹上防晒霜，嘴里发着牢骚。

“怎么可能呢，人家木下戴维是职业冲浪选手，可不会来这种地方，一定是在外国的什么大冲浪场练着呢。”

我向真利解释说。到这里来练冲浪的，其实都是那些以勾搭女孩子为目的的假货。

“我是说‘像木下戴维那样的’，并没说木下戴维本人。”

看真利的脸色像是真生气了。她掏出塞拉姆牌香烟，点上火，深深地吸了一口，一动不动地坐在沙滩上，眯缝起眼睛注视着大海的另一边。

啊——啊。

我在心里叹息着。我们住在岛上的家庭旅店，这已经是第五天了，还剩下最后一天，但什么“好事”也没遇上，我们的心情变得很糟。

就是那时，从沙滩的什么地方传来了歌声，我们都朝歌声的方向转过头去。

在那儿，我们看到了君雄。

他的头发乱蓬蓬地披着，留得比我还长，长一张挺可爱的脸，晒得黑黑的，穿着旧巴巴的麻布衬衫和短裤，拖着草屐，抱着一把吉他。

他唱的是我们从没听过的歌，是那种让人怀旧的民谣，好像叫博萨诺巴舞曲什么的，不过听起来让人大白天也会打瞌睡。

“那是谁呀？”

真利皱着眉头问。

“不知道。是沙滩卖唱的吧？”

“啊？卖唱的，不都在闹市区的酒吧之类的地方混着吗？”

我们朝君雄那儿张望着，他兴高采烈地唱着，向我们走来。

“在海边都呆了五天了，这号人物，可还是第一次遇到呢。”

“嗯，嗯。”

君雄已经走近了，我们嘀嘀咕咕地说着。

我们看着来到眼前的君雄，别说是海边，那是我们以前从未遇到过的人物，他的身上散发出一种奇妙的气氛。

君雄在我们面前，背对着大海，一直把他的那首歌唱完，然后微笑着问我们：

“我是边走边唱漫游全国的旅人。你们有什么想要听的歌吗?”

我们张着嘴巴抬头望着君雄,君雄斜眼看了我们一眼,又开始唱到:

“比如说,这首歌:大海啊真宽广啊,真是大呀。”

我和真利面面相觑。

“如果没有指名歌曲,那我就唱我的自创曲吧,点播费可以随意支付。”

他眨眨眼睛,用调皮的神色说道,令我们难以拒绝。

“那么,就来一曲听听吧。”

真利用调侃的语调说,于是君雄便唱了起来:

“透明的风儿啊,湿漉漉的头发,那晃动着的水面,是多么的耀眼。那个夏天啊,一去不复返了。”

他唱的,是叙说一个多愁善感的男孩,被去国外留学的女朋友抛弃了,感到寂寞、伤心的歌。

这首歌,也许说的就是他自己吧……

我这样想象,觉得听起来还有些意思。真利从ROXY的钱包里掏出五百元的硬币递给君雄。哼,唱得并不怎么样,真利满脸就是这个表情。

“Thank you。晚上我就在那个酒吧唱,有兴趣的话请你们来欣赏。”

君雄指了指坐落在沙滩旁公路边上的那家小酒吧,唱着歌离去了。

“怪人,真是个大怪人。”

我说。

“那种人很可怕，和流浪汉也差不多，看他那样。”

真利回答道。真利也真是，干吗对这种不相识的人也要冷嘲热讽的。

现在回想起来，也许那时候我就喜欢上了君雄。

那天晚上，我背着睡得不省人事的真利，偷偷从旅店里跑出来，去了君雄唱歌的那个酒吧。

君雄正在酒吧一角那个小得可怜的表演台上唱着，伴奏的只有君雄的吉他和那个店主模样、挺着酒肚子的老头的手鼓。

店里的感觉很不错，充满了轻松愉快的气氛，简直让人觉得自己不是在这个闻名日本的求爱岛，而是在外国的什么热带常夏岛上。

我一直兴致勃勃地，边喝椰子汁等热带地方的饮料，边听君雄唱歌。

他唱的都是失恋的歌，歌里不管男孩还是女孩都遭到遗弃，恋人们总是不知去向，美好的夏日终究要结束的。但不可思议的是，君雄唱的这些歌，却能让人感受到柔柔的温情。

听着听着，我回忆起了那个离开我的男孩，但回忆不再像以前那样充满了怨恨，而有一种带着甜蜜味儿的忧伤。

在久违了的温和的感觉里，我变得轻松起来。

渐渐地，我有些犯困了……

最后我终于趴在桌上，迷迷糊糊地睡过去了。

“酒吧已经关门啦，我送你回去吧。”

我醒过来的时候，君雄正拍着我的肩膀对我说道。

“你住在哪儿？”

“萱岛庄。”

“哦，还挺远的。那你等一下，我先把东西都搬到车上好吗？”

君雄指着他带来的各种乐器说。那些乐器里有大鼓什么的，还有形状像大棒似的很奇怪的东西。

“嗯。”

君雄的车停在一棵大树下的空地上，离酒吧有些距离。

“哇，这车可真牛！”

映入我睡意蒙眬的眼帘的，是一辆好像在20世纪70年代的美国电影里看到过的、嬉皮士们的大篷车。

君雄看到我吃惊的样子，乐了。

“你想看看车里什么样吗？”

他问。

“嗯。”

那晚我就住在君雄的车里了。

小孩子看到君雄，肯定会想“这个大哥哥是谁，真奇怪”，于是满心好奇地跟在君雄后面。那天我也像个孩子一样，跟着君雄去了。

“车呢，停在哪儿了？”

我问君雄。

“停在对面河滩上了。”

君雄就住在大篷车上，在那车里有一个像模像样的房间，房里摆着一个很窄的床，和一个小得不能再小的餐桌。

“喂，你为什么不先给我的手机打个电话？”

我问君雄。那天早上，我很希望能再见到君雄，便把我的地址和手机号码告诉了他。以后到了东京，一定来我家，告别的时候我对他说。

“要是打电话通知你，你肯定会拒绝的。”

君雄嬉皮笑脸地回答说。

“是谁！在走廊里留下这么脏的脚印！”

刚从公司下班回家的父亲，大声呵斥着，朝客厅走来。

“啊，原来有客人在家。”

看到了君雄，父亲马上不吭声了。

“对不起，一定是我弄脏的。”

君雄道歉说，父亲看也没看君雄，朝着厨房歇斯底里地叫道：

“他妈，快拿点什么来，让这人擦擦脚。”

父亲爱干净。

“我看也别擦什么脚了，还是去洗个澡吧，你身上净是股臭味。”

奶奶给君雄端来了麦茶，说。君雄顿时两眼放光：

“我能洗一下吗？”

君雄就这样住到了我们家里。他来得就像一阵风一样。

秋天到了，新学期又开始了。每天一下课，我便一阵风似地赶回家，心里尽想着要早些见到君雄。就像上小学的时候，家里养着猫的那阵子一样。

那是一只名叫塔玛的雄猫，在家里和我最亲近，当它还是只小猫的时候，就总是伸长脖子等着我放学回家。后来它长大了，会自己外出散步了，但是只要到了晚上，它肯定会从二楼的阳台，溜回到我的房前。

它在玻璃窗前“喵喵”地叫着，把我唤醒。我是那么地疼它，不管多么晚了，我都会起身让塔玛进屋。塔玛“喵喵”地挨近我，露出很高兴的神情，钻进我的被窝。

自塔玛以后，我再没养过其他的猫。那时塔玛和我亲热得每天睡在一起，但一年后的一个春天，塔玛去外面散步，这一去就再也没有回来。

我哭着，在附近到处地寻找，但祖母说：

“让它去吧，它多半是和拐角那家烟杂店的花猫私奔啦。”

祖母说的，还是孩子的我并不明白。

我还是不停地找。邻居家那头脸上长着伤疤的肥猫目光总是那么凶狠，马路上的汽车嗖嗖地开得飞快，这一切让我为塔玛担心得简直快发疯了。

“早知道这样，给它挂个铃铛就好啦。”

父亲大声说着，我听了心里更觉得难受。

现在我看到君雄便想起了塔玛。君雄就像是我们家散养着的猫一样，到底在不在家，大家也不清楚。如果半夜回来，他真的会从晒台上爬上来，然后来敲我的门。

有时他在闹市演唱，有时又睡在自己的大篷车里，但不管怎么说算是住在我们家里。所以渐渐地，当君雄不在时，家里人会问道：

“咦，君哥呢？”

家里只有父亲不叫他君哥：

“怎么，今天那家伙不在？”

父亲有些遗憾地说，但脸上仍摆着威严的神情，

“那个在我家吃白饭的。”

我一下课就直接回家，不再去闲逛了，真利觉得挺奇怪的，我便把事情原原本本告诉了她。

“什么?! 真不敢相信！这么做，你父母怎么会允许？”

真利的眼睛瞪得溜圆。这连我自己也觉得不可思议。

有时，君雄正在我家吃饭，父亲下班回家，

“怎么，你小子还在啊？”

父亲小声呵斥道，君雄便笑嘻嘻地回答：

“嘿嘿嘿，不好意思经常打扰你们。”

于是父亲便默许了，一起坐下吃饭。

我们家一直喜欢男孩，但家里却只有我们姐妹仨。现在家里来了个男孩，也许父亲心里觉得挺高兴的吧。

两个姐姐都已经结了婚，不在家里住，家里只剩下我这个最小的，父亲一定感到很寂寞。有时父亲很为君雄的将来

担心，两人一起喝啤酒时，总是大声地对君雄下命令道：

“你这样唱歌，能把肚皮混饱吗？去找工作，工作！”

对父亲来说，反正女儿已经和他好上了，如果君雄能找份正经的工作，招来家里作女婿也不错。这话我是从母亲那儿听来的。母亲也好祖母也好，她们最初就很喜欢君雄，把他当家人一样对待。

君雄身材很瘦弱，像女孩子一样，穿上我的睡衣或者运动衫正合身。他的个子虽然比我高，但是脸型小，胳膊腿细得像会折断似的，胡子也不浓密，所以虽是个男孩，但要是呆在一边，并不让人觉着身旁有个大男人。

“啊呀讨厌，我还以为是你姐回来了呢。”

君雄洗完澡，穿上我借给他的睡衣或者运动衫，和我一起在客厅时，母亲经常会搞错，这样大惊小怪地叫道。

我们披着刚洗完的长发，两人一起看电视或者打游戏机，要不闲着没事一起看杂志，我自己也觉得我们真的就像一对姐妹。我从心里盼望，这样的幸福时光能够一直持续下去。

但是上天并没有顾及我的心愿。刚来我家的时候，君雄的皮肤晒成了咖啡色，但当他的肤色完全恢复成了原来的白色（其实君雄的皮肤白得像白种人），他的脸上渐渐地露出了寂寞的神色。

他一个人呆在二楼我的房间里，拨弄着吉他，小声地唱着歌。我从学校回来，坐到他身旁，他嘀咕着说：

“啊……啊，天气变冷啦。”

君雄盘腿坐着，我把头枕在他的膝上，横躺下来。君雄停下拨吉他的手，抚摸着我的头发，然后温柔地吻我。我直起身，坐在君雄的膝头，双手伸到他的脖子后，抱住他。

“真暖和。”

我低声说道。于是君雄放下吉他，紧紧地搂抱着我。泪水顿时流过我的脸颊。

“怎么了？”

君雄为我擦去眼泪，柔声问道。我的泪水不停地涌出眼眶。

“没什么。”

我嘴上虽然这么说，但事实上，是因为君雄好像又将远行，所以我才忍不住伤心地直想哭。东京已经这么寒冷，君雄也许又要去南方的哪个海边了。

但是我很怕把这话说出口来。

“没什么。”

君雄不久就会离开的，这样的预感，让我的泪水流个不停。

君雄用纤细的手为我擦去眼泪。冰凉的手指，夏天还是琥珀色的，现在也已经又变回到粉红色了。他的两只杏仁细眼注视着我，俯身吻着我的额头，然后又吻我的脸颊，吻我的双唇。

我们久久地久久地接吻，君雄的舌尖温柔地缠绕着我的

舌尖。果味软糖似的嘴唇，不停地相吻又分开，分开又相吻，仿佛快要在温暖中渐渐地融化了似的。我的耳旁滑过轻轻的叹息。

在遇到君雄以前，我一直很讨厌接吻。所有的男孩都是嘴大无比，嘴唇又厚，接吻的时候胡乱一气，简直让你担心会不会被他啃下一块。

但君雄的吻不是这样。君雄的吻纤细、纯洁……对，那是天使之吻。我把手伸进君雄的衣服，绕到他的背后，触摸他的肩胛骨。我想确认一下，那儿是不是长着一对翅膀。

君雄的背后虽然没有长着一对翅膀，但我想，他肯定是属于某种类型的天使。在一段短暂的日子里，他来到我身边，调整羽翼，稍事休息。所以，当我和君雄缠绵的时候，是那么温暖，那么充满柔情，但同时又总感到有一丝伤感，一丝寂寞。

一月份快过去了，大学开始放春假。说是春假，其实根本名不副实，那正是东京开始下雪的季节，这以后的一段日子将会变得更寒冷。马路上天寒地冻，我的心里也寒冷刺骨。一想到君雄也许马上就将离去，我每天连饭都吃不下了。

今天晚上也一样，大家围着餐桌吃晚饭，但我几乎没怎么吃。

“怎么了？你在减肥?”

君雄问。

“减什么肥，得了得了，反正你也坚持不了多久。”

父亲挖苦说。但现在我是真不想吃。我的胃隐隐作痛，吃下东西就更是涨得难受，而且还不断地腹泻。

“要不找个针灸的大夫给看看？你最近老是为毕业找工作的事儿烦心，怕是得了神经性胃炎了吧。”

母亲说。确实，到了三年级的下半学期，大家都已经开始四处找工作了，但我还什么进展都没有。

“什么针灸大夫，用不着这么折腾，多吃点纳豆、酸奶，肚子马上就会好的。”

祖母也跟着说。

“啊呀，你们都烦死了，别管我的事！”

我叫着，跑上了二楼。

过了一会儿君雄也上来了。我趴在床上，君雄轻轻抚摸着我的脊背，说：

“我们去外面散散步，换换心情吧。”

“太冷了，不去。”

“虽然很冷，但远方的春风已经吹来啦。”

远方的春风？一听到这话，我忍不住叫了起来：

“所以你要走了，对吧？！”

我第一次这么激动地说话，君雄有些畏缩，但他还是用往常的语气，平静地说：

“因为我是一个旅人嘛。”

“真无情，真无情！你说来就来，说走就走，我怎么样，你

根本不管。我们相处得这么好，你为什么要突然把我抛下！”

我说着，眼泪吧嗒吧嗒地往下掉。

“我妈去买鱼的时候，也会想着要多买君雄的那一份，你突然就走了，她多难过？还有我奶奶，我爸。”

君雄像是要打断我的话，有些茫然若失地说道：

“最初也许会感到难过吧，但很快就会习惯的，因为不过几个月前，本来就没有我这个人嘛。”

他好像是在说别人的事一样。我紧紧抱住君雄，说：

“你不能走。我们一直睡在一起，你走了，我一个人睡不着。”

在冬天，君雄就是我的抱枕。君雄睡觉的时候，总是侧着身子，像小孩似地拱作一团，而我则抱着他瘦弱的背部，两手绕到他的肚子上入睡。要是睡梦里翻了个身，这下往往又变成君雄抱住我的脊背了。

“求你了，别说要走。一定要走的话，那就把我也带上。”

我紧搂着君雄，更大声地哭泣起来。君雄拍着我，嘴里不停地说好了、好了。

“我很想带你去很多地方，但是我的旅途，美雪你受不了的。整天呆在车里，没有浴室，也没有厕所、盥洗室。吃饭不是所到之处由对方招待，就是自己用盒式小煤气炉简单煮点吃的。这样的生活，普通的女孩连一天都受不了。”

我抽抽噎噎地总算收起了眼泪，君雄凑过来看着我的脸，说：

“我就是这么个人，不能长呆在同一个地方，对不起。至于将来的誓约之类，这我也做不到。至今为止，我也从来没那么做过。”

没想到，虽然我是那么伤心，但似乎我让君雄更痛苦。就像有一只想要返回大森林的野生动物，我却强行把它留下喂养一样。君雄平时唱的都是些失恋的歌，也许就是因为这个原因吧？

女孩们谁都留不住君雄。说起来，现在这个时候，身边不带一部手机的，大概也只有君雄了吧。要留住君雄，那简直和到了必须离开栖息地的季节，却硬不让候鸟展翅飞翔是同一回事。如果勉强让君雄留在这儿，他的心一定会慢慢死去的。

“啊……啊……我已经在这儿住了这么长时间了。这儿有美雪，爸爸妈妈，还有奶奶，都是那么好的人，而且饭菜又那么可口。”

君雄感慨地说道。我很想问他，你抛下这一切，究竟有什么快乐可言？但是我没问，因为答案就在那儿，到处漂泊的君雄，他所不能放弃的，那就是自由。

“我知道了。行了，别说了。”

我擦去眼泪，吸了吸鼻子。

“那就好。我们去散步吧，外面的寒樱可漂亮了，而且今天还有月亮。”

“嗯。”

这一定是最后一次一起散步了吧。也许君雄什么时候

还会回来，也许我们以后再也见不着了。我围上了和君雄一样的围巾，与君雄牵着手，走出门外。

“啊，真的，是满月呢。”

“嗯。”

这条围巾，是我在圣诞节时织好送给君雄的。我像上小学时曾学过的那样，用粗毛线一针一针编织成了这条围巾，这样的礼物送给君雄最合适了。爱着君雄的我，很满意自己织的这条围巾。我还在围巾上绣上了K. M，那分别是君雄和美雪这两个名字的第一个字母。

“你看，寒樱！”

“嗯，这一带的寒樱，每年都开，真漂亮啊。”

我自小每年都看着这些寒樱开花，但今年和君雄一起观赏的寒樱，比往年的要漂亮百倍。我感到有些伤感，一下攥紧君雄的手。

“……”

君雄看着我的眼睛，紧紧拥抱着我。我心里明白，其实君雄也舍不得离开这儿。

要是把我们的事告诉真利的话，她肯定会说：“你被人家耍啦。你对他这么好，可人家住腻了，拍拍屁股就走，这种男人，最无情了。”但是君雄并不是这样的人，这我明白，我家其他人也都明白。

我们哪儿也没去，径直朝君雄的大篷车方向走去。我使劲摇晃着和君雄握在一起的手，抬头仰望着天空。

“啊……啊，我和君雄在一起都已经半年了，但君雄的事儿，我还什么都不知道。”

听我这么说，君雄问：

“你想知道什么呢？”

“其实也没什么。不过一般的话，比如你的老家在哪儿，电话号码，你是什么学校毕业的，以前都干过些什么，这以后要去哪儿想干什么，这些事儿自然都该知道的。”

“哦，是这些事儿啊。”

君雄像是第一次想到这些事，感叹似地说道。

现在想起来，从最初起，我和君雄就完全像是一对姐妹那样地相处，从没深入地谈论过什么问题，我甚至连君雄的年龄都不清楚，只知道他好像比我要年长好几岁。

“不过你想一下，这些事情，其实都无关紧要。”君雄说。

虽然不清楚这些事儿，但我却能够理解君雄，君雄也能理解我。

是的，所以，像现在这样的结局，虽然让我难过，但我并非受不了。我喜欢自己住的这个城市，也不能离开我的家人，而君雄，他又不能永远呆在一个地方。

“和君雄在一起的日子，我很快乐。”

到了君雄的大篷车前，我对君雄说。我们两人都明白，今晚我就是来为君雄送行的，虽然我们并没有开口提起这一点。

“上去吗？”

君雄问我。

“嗯。”

到了明天早上，君雄肯定已经离开这儿了。我不想就在这儿说再见，于是爬上了君雄的大篷车。

“哇，好久没来这儿了。到底是冬天，这儿真冷啊。”

自从上次在那小岛上，在这车上住过一个晚上，此后我还没再来过。

“是啊，不过不要紧，马上就会暖和了。”

君雄将矿泉水倒入水壶，打开盒式煤气炉，点上火，然后把毛毯地给我：

“给。”

我裹上毛毯，将手放在炉火上取暖。

“嘻嘻，这儿真好玩，就像是野营旅行一样。”

听我这么说，君雄很高兴似地笑了。

“喝可可好吗？”

“嗯。”

喝了君雄倒的可可，最后我们抱在一起做爱。

半夜里，我听到君雄叫我：

“美雪，快起来。”

我醒了过来，大篷车车顶的天窗敞开着，满天的星星一下子飞入我的眼帘。

“哇，太棒了，简直成天文馆了。”

那天晚上，我枕着君雄的胳膊，一直、一直眺望着星空。云儿在飞动，月亮被遮住了；云儿飘散了，月亮又露出来了。我的心，飞向了星河彼岸，飞到了云彩之间。裹在毛毯底下的两人的肌体合在一起，令我感到那么温暖。

第二天，君雄又出发了，我带着笑容送他踏上旅程。虽然晚上几乎没怎么睡，但我觉得神志特别清醒，我唱着君雄曾经唱过的歌，走在洒满朝阳的回家路上。

白金戒指

唯川惠

石川县出生。金泽女子短期大学情报处理系毕业后，做过银行职员，1984 年获克巴鲁特长篇小说大奖，正式步入文坛。此后不断推出恋爱小说与随笔作品，2002 年以《隔着肩膀的恋人》获得直木奖。其他作品有《永远的途中》、《今夜在谁身旁入眠》、《晕眩》、《病月》、《伴侣》、《直到燃尽》等。

推开位于代官山的一家酒吧的店门，一股甜腻腻的香味儿扑面而来，顿时让人觉得全身都有一种压抑的感觉。

那种感觉像是沮丧、悲伤，也像是憎恨，一时让沙惠子不知所措。

沙惠子像要摆脱那种讨厌的感觉似地，轻轻摇了摇头，然后朝吧台的坐席走去。

早已熟识的调酒师马上亲切地笑着，迎上前来。

“欢迎光临。”

“晚上好。”

沙惠子也笑着回答，她在凳子上坐了下来，稍稍犹豫了一下，要了一杯名叫含羞草、用香槟做底酒的鸡尾酒。

酒吧的格调给人一种近似无机质的印象，在店内一角，意大利古美术品模样的台灯散发着柔和的光线，整个酒吧显得有些昏暗。靠里边放着两张桌子，其中一张坐着一对情侣，两人的脸上都洋溢着快乐的神采，看得出那还是刚开始的恋情。

“请。”

含羞草送上来了。

“谢谢。”

沙惠子简单地道了声谢，尝了一口，酸味立刻在嘴里蔓延开了。

然后，在那么一瞬间，沙惠子把目光停留在自己右手无名指的珍珠镶戒上。

那是半年前，26岁生日时，各务送给她的礼物。再前一年，是镶嵌着宝石的黄金时装戒，再往前，是款式非常精致的银戒。

就是今年了，沙惠子心想。就是今年，白金戒指。不用宝石，不讲究款式，扁平、质朴的白金戒指。而且，不是戴在

现在这个手指上，而是戴在左手无名指上。这一天，应该就快到了。

各务是沙惠子以前的上司。

各务工作能力强，不仅深得上司信赖，还非常受同僚和下属的尊敬。他为人很重礼节，但从不给人有丝毫繁文缛节的印象。已经年近四十，却还是那么精神饱满的各务，在女职员中也很受好评，他的一切常是大家在供水间和更衣室里的谈论话题。

刚进公司时，沙惠子也和大家一样，对各务心存好感，觉得各务身上散发出的，是和学生时代的男孩们完全不同的成年人的魅力。不过，那时沙惠子的好感只不过停留在这种程度而已。

各务已经结婚了，妻子是他以前的同事，他们有一个上小学的女儿。

沙惠子并不是故意要让自己陷入到那种吃尽苦头的恋爱关系里，把自己搞得痛苦不堪。其实那时沙惠子还有一个可以算作是恋人的男朋友。

那并不是出于沙惠子的打算或者意图，而是一种整个灵魂像被什么东西夺走了似的感觉。沙惠子说不清那东西究竟是什么。虽然说不清，但沙惠子抵抗不了那种感觉。等到回过神来，自己的眼睛已经离不开各务了。

各务晚了五分钟，终于来了。

“对不起，我来晚了。”

各务说着，在左边的凳子上坐了下来。

几乎就在同时，沙惠子觉得，自己身体最靠近各务的部分，已经微微地热了起来。曾经和他上过无数次床、什么羞于启齿的事儿都一起做过的这个男人，还能让自己产生这种感觉，沙惠子觉得真不可思议。对于沙惠子，各务就是这样一个特别的男人。

“没事儿吧？”

沙惠子问道。

“什么？”

“下班时的那个电话，遇到麻烦了吧？”

“你像是挺了解的。”

“我正巧听到的。”

各务要了一杯兑水的麦芽威士忌。

“很麻烦吗？”

“明天就要签合同了，对方却提出毫无道理的要求，说得简单一点，就是要我们砍价。”

“那怎么办？”

调酒师把酒杯放在各务面前，各务喝了一口，然后慢慢转过脸来，满脸自信的表情。

“什么也不用担心。”

啊，就是这句话，沙惠子心想。

当时各务说的也是这句话。那时，因为工作上出了错，沙惠子吓得花容失色，但各务转过身来对沙惠子说：

“什么也不用担心。”

听到这句话，沙惠子的不安一下子就消失得无影无踪了。沙惠子把向客户提供货物的日期给搞错了，但是，只要托付给这个人去处理，一切都会没事的，那份安下心来的感觉，让沙惠子如释重负。

神驰情迷的感觉，就像身体中拧紧的螺丝被一个个地松开、卸下。自那时起，因为恐惧和恍惚，沙惠子整天心神不定，她自己都觉得惊讶，为什么对各务如此神魂颠倒。她的目光追逐着各务的身影，耳朵里只有各务的声音，沙惠子知道，一切都已经无法挽回了。

那天，处里同事的聚会结束后，两人偶然合坐一辆出租车回家。

沙惠子心里明白，不能开口交谈，没必要让自己的人生陷入窘境，明白这一点才算是个成熟的大人。但是沙惠子抑制不住自己。就像是杯中倒出的最后一滴酒，沙惠子张开嘴咽下了。

"我喜欢你。"

各务转过脸来，一时他的表情像是凝固了，但他很快缓过神来，脸上又恢复了上司的表情。

"你喝了不少吧?"

"是喝了不少，但还没有到醉得不知道自己在说什么的程度。"

"戏弄上了年纪的人可不行哦。"

"请你别把人当作小孩子。"

对方一笑了之，这比遭到拒绝更让沙惠子感到屈辱，她抗议的声音有些颤抖。

各务为难似地笑了笑，深深地靠在座椅上，闭上了眼睛，那分明是拒人于门外的姿态。

结果，直到车子到了沙惠子的家，两人再也没有开口说一句话，车子停下后，各务公事般地说了声“你辛苦了”，便让车开走了。

但是，自从那天起，两人之间便产生了一种特别的东西，说得勉强些，那是一种类似于同谋犯的感觉。

偶尔，沙惠子能感到各务的视线，但当沙惠子转过脸去，却总是没能和各务目光交接，绝对没有过。然而这份不自然，又更让沙惠子去揣测各务的心思。各务一定在注视着自己的举动，否则，他不至于如此无视自己。

也许……

这个念头让沙惠子坐立不安。不少次沙惠子发觉自己因为焦躁，在办公室里发出轻声的叹息。这次，恐怕不得不受这样的折磨。

就在那段日子，各务荣升到了公司的管理处，那是公司里炙手可热的部门。管理处虽然还在同一个大楼，但却是在四楼，和六楼沙惠子的办公室不在一起。就是说，以后就不会像现在这样，每天都能见面了。

不能见面了。

这个念头把沙惠子逼得走投无路。

我要见他。

这个想法又让沙惠子不知如何是好。

所以当她看到各务一个人朝电梯走去的瞬间，马上从后

面追了上去。眼下的状况再这样忍受下去，沙惠子已经受不了了。与其这样，还不如让各务干干脆脆地拒绝自己，那也会比现在轻松一百万倍。

“拜托你一件事。”

各务转过脸来，看到突然跑过来的沙惠子，像是有些吃惊。

“怎么了？”

“今天晚上，能和你见面吗？”

一时，各务皱起了眉头。

“有什么事吗？”

“没什么事，就不能见吗？”

“要是没事，那就没必要见面了吧？”

“我想见你，就这件事。”

沙惠子用尽全力说出这句话。

各务抬起头，眼睛看着表示电梯所在楼层的显示器。

“你还年轻。”

那声音非常生硬。

“不要明知道还要自找麻烦。”

“我也想过好多次了。可是，已经晚了。”

各务的脸没有转过来。沙惠子窥探着他的表情，但那表情并不是困惑。那种脸色，倒像是恐惧、像是胆怯，沙惠子还是第一次看到各务露出这种表情。在工作中不管遭遇到什么困难，各务的脸上决不会出现这样的神色。

就在电梯停下前的一刻，各务像念写在纸上的文字一样，结结巴巴很快地说了一个时间和地点。

“那，回头见。”

那天晚上，两人成了真正的同谋犯。

沙惠子和各务每次见面时总有谈不完的各种各样的话题。

不过那都是些和谁都可以谈论、在哪儿都能说起的平常话题。

无论怎样交谈，在内心深处，总有一个不可触摸的芥蒂。

自从各务提起和妻子离婚的事，大概过了已有一年了。现在究竟怎么样了？自那以后有什么进展？沙惠子自然不会不介意。

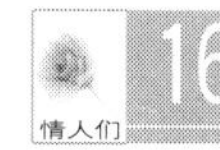

但只要谈到这个问题，两人没有一次是高高兴兴道别的。无论怎样小心翼翼地提起，结果总是充满痛苦和后悔，各回各的家，有时甚至让沙惠子感到恐惧，是否两人会就此分手。

所以，沙惠子在心里发誓，自己绝不主动再提那个话题。沙惠子觉得，老是提起这事儿，会被人看成是一个满心就想着结婚、一肚子心计的女人。如果各务也是这样看待自己的话……只要这么一想象，沙惠子就感到浑身颤抖。

但是，说心里话，沙惠子实在太想知道了，想得简直受不了。

到底怎么样了？你太太说什么？你答应我的白金戒指，我究竟什么时候才能戴上？

渐渐地，沙惠子对什么也不提的各务开始心存不满。沙

惠子不提这件事是出于体贴，但各务也不提，那只能说是在故意回避。所以为了让各务开口，沙惠子开始谋划策略。

“昨天，矢野来邀我了。”

“矢野？是二科的矢野吗？”

“对。他说周末一起去看电影怎么样。”

“哼。”

各务哼了一声便保持沉默。这个反应，对沙惠子来说太残酷了。

“我可以去吗？”

“问我可叫我为难，这可是你自己决定的事。”

“这样的话我就去吧。反正周末和你也见不了面，什么计划也没有，一直都这样。”

沙惠子挖苦道，她已经尽了最大的努力。

“你要是想去的话，那就去好了。”

各务回答说，语气显得有些焦躁。

“不过，那和一般的约会可不同噢。矢野说了，他是很认真地约我的。这也没关系吧，那可是你说的。”

事实上，并不是这么回事。那个自尊心还从未受到过伤害的年轻男子，非常自然地约自己有些喜欢的女孩出去玩，如此而已。

但各务沉默着，这沉默刺痛了沙惠子，让沙惠子的情绪高涨起来。她要刺激他，让他更焦躁，更狼狈。那是出于爱，才想让对方受伤。

“我们走吧。”

各务像是忍耐不了似的说道，他打着手势让调酒师结账。

早就该这样说了。早就该堵上我那喋喋不休的嘴唇了。

其实当看到各务走进门的那一刻，沙惠子就已经想离开这儿了。

与其在这儿喝酒、在这儿闲聊，不如尽快去一个只属于两个人的地方，除去穿戴着的所有累赘，让自己身上凹凹凸凸的部位，都在他的游舌之下、在他的喘息声里得到安慰，然后，再让自己升华到一切都变得无关紧要的那个瞬间。

蹑手蹑脚打开房门的锁，客厅的灯还亮着。

沙惠子有些沮丧。就在打开房门的同时，她的神情，从女人变成了女儿。

“我回来了。”

沙惠子探出半个脸朝里张望，母亲皱着眉头回过头来，说：“真晚啊。”

“和朋友一起去喝酒了。”

“你父亲问了，沙惠子总是这么晚回来吗？”

“偶然比我早回来一些，他就这么说。”

“不是我啰唆……”

“洗澡水，热了吗？”

“说什么话的人都有，你也得注意一点。”

“注意？注意什么？”

沙惠子靠在门上问。

“这么大的女儿，每天在外面玩到这么晚才回来，要真让街坊邻居说三道四的，我可不愿意。”

“现在还不到十二点啊。”

遇到这种情形，沙惠子便深感，还是从家里搬出来，自己借一间公寓住的好。这样的话，就不会被刨根究底地追问了，也不必在意邻居们的目光，连和各务上旅馆的费用都可以省了。

但是，沙惠子并没有那么做，各务也不希望那样。因为两人都不愿只图眼前的方便，让双方的关系变得只为了做爱似的。这就是两人的认真劲儿。

“不管怎么样，以后你得比你父亲早回家。洗澡水热着呢。”

“晚安。”

沙惠子刚想把门关上，却被母亲叫住了。

“沙惠子。”

“什么？”

沙惠子答道，但并没有转过身。母亲唠叨起来就是这样，一时半会儿结束不了，总是没个完。

“你现在和谁相处来着吧？”

“没有啊。”

“你也已经这个岁数了，将来的事儿也得认真考虑考虑了。”

“我知道了，是在认真考虑呢。”

没等母亲再开口，沙惠子就关上了门。

女儿就在刚才，还赤裸着身子和男人拥抱在一起，在床上做尽了那些难以启齿的羞事呢。女儿可不再是你们心目中的女儿，她连什么叫性高潮都懂。

午休过后，沙惠子回到自己的办公桌，她接的第一个电话是接待处的小姐打来的。

“在大厅有一位女士说要和你见面。”

“和我？是哪一位？”

“她说是你的亲戚，但没告诉我名字。”

“我知道了，这就下来。”

沙惠子满心狐疑地朝一楼走去，她不记得有哪位亲戚会来公司找她。

来到一楼，接待处的小姐指着前面对她说：“就是那位。”沙惠子看到一个女人的背影，在大厅紧靠大门左侧的沙发上坐着的，脊梁挺得笔直，像在仰视从正门那巨大的玻璃窗户照射进来的日光一样，下巴高高地抬着。沙惠子走近前去，招呼道：

“让您久等了。”

女性站了起来，慢慢地转过身。

一霎间，沙惠子倒吸了一口凉气。站在那儿的是各务的妻子。

沙惠子从没和各务说起过，她有过好几次，在各务家周

围闲逛，理由很简单，她想看看各务的妻子和孩子。她看到了。各务去外地出差的那个星期六的傍晚，从那幢公寓大楼里走出两个人，朝隔壁的驻车场走去，她们在写着“各务”的车位前站住，钻进了停在那儿的一辆白色私车。没错。她们是去买东西的吧，要不就是去外面吃饭。那是很平常的妻子，很平常的女儿。在女儿的脸颊上还能依稀看到父亲的面影，这让沙惠子觉得自己有些罪恶感。但对那妻子，沙惠子就没有这种感觉了。没怎么化妆的脸显得有些灰暗，身上套了件对襟毛衣，袖口松松垮垮的，已经长得很长了的头发参差不齐，看上去是那么寒碜。就为了这个妻子，为什么自己要遭受那么大的痛苦？沙惠子简直充满了怒气。

“你知道我是谁吧？”

各务的妻子用平稳的语气说道。今天化了妆，穿一身淡紫色的套装，虽然说不上美丽，但是她态度毅然，脸上好像很有自信。

“不。”

沙惠子的视线落在地面上，因为惊慌，她不知道说什么才好。

“你和各务有来往吧？”

接待处的小姐正看着这儿，自己低着头的样子实在太可怜了。沙惠子很想干脆地回答“是的”，但理性告诉她，自己所处的境地不允许她这么说。

自己爱着各务，想和所爱的各务结婚，这是理所当然的愿望吧，但就因为各务已经有了妻子，这个愿望成了罪恶。

“现在已经用不着隐瞒了。他提出要离婚的时候，我就知道他另有女人。那人就是你，我已经调查得很清楚了。”

应该怎样回答才好呢？怎样回答，才能让各务的妻子理解呢？要不就这样站着听对方说？但沙惠子马上意识到，想让对方理解，那是不可能的。

“刚知道的时候，我非常生气。家里什么麻烦事都朝我一推了事，自己却和比自己小一轮还多的女人搞婚外恋，竟然还想结婚。这样随心所欲，能原谅吗？所以我那时就下定决心，绝不离婚。”

沙惠子的身体紧张得发烫。

“但是，算了，我已经受够了。不是想结婚吗？去结好了，我和各务分手。事到如今，我不想再抓住那个人不放了。”

她的左手无名指上没戴戒指，手指上只隐约地现出一小片白色的印迹。那就是说，她准备离婚？这一点沙惠子听明白了，不由得抬起头来。

“是真的吗？”

各务的妻子那对像是闭着的眼睛又朝这里转了过来。

“你要是觉得这就万事大吉了，那你可大错特错了。你从我那儿夺走了丈夫，从孩子那儿夺走了父亲，这都是你一手造成的，我想你是有相应的精神准备的吧。”

沙惠子眼光笔直地对视着对方。

“我明白。”

各务的妻子脸颊上浮起一丝的笑容，把手伸向放在沙发上的手提包。

“来这儿以前，我顺路去了你父亲的公司，和你父亲见了面。他女儿和我丈夫有婚外情，把我的家庭全给毁了，这些我都告诉他了。”

似乎有一声轻轻的哀叫，发自沙惠子的喉咙深处。

“我并没有胡说一气，我说的全都是事实。我这样做也是理所当然的吧？”

沙惠子咬着嘴唇，找不到任何可以回敬的话。

“好了我要走了。现在，我要去找以前的结婚证人、公司的常务董事，告诉他准备离婚的事。当然，我会把一切都告诉他的。”

各务的妻子朝着电梯的方向走去。一时间，沙惠子还呆呆地站在那儿，她的身体有些摇晃，双脚好像沉到了地底下一般。

好容易回过神来，沙惠子返身坐电梯回办公室，电梯在四楼停了，正巧各务走了进来，他表情严肃地瞅了沙惠子一眼，按了八楼的按钮。那是董事办公室所在的楼层。沙惠子马上明白了，各务是被常务董事叫去的。

各务慢慢回头看了看沙惠子，脸上微微露出笑容。

“什么也不用担心。”

他用和平时一样充满自信的口吻说道。

“哎。”

沙惠子觉得紧张消除了，再也不要紧了。什么都交给各务去办，一切都会好的。以前一直都是这样的。

沙惠子确信，自己是爱着各务，各务也是爱着自己的。

但是说实话，沙惠子总觉得有什么地方让自己心存怀疑。各务真能舍弃妻子女儿吗？他真能为了和自己结婚而努力到底吗？自己也会像很多有着同样经历的人一样，走向那种最常见的结局吗？但是，现在一切都决定了。我没有错，相信各务太对了，爱上各务太对了。

母亲哭了，父亲动手打了沙惠子。

“我怎么会养了这么一个女儿。我还有什么脸见人。你知道自己究竟做了些什么？”

父母的话当然都是对的，别想用爱情什么的来分辨。沙惠子一句话都没有反驳，她知道，自己能做的，就是全盘接受父母的愤怒和伤心。

和自己预想的一样，短短几天里，自己的事就在全公司传开了。接待处的小姐肯定不会默不作声的，沙惠子知道那是早晚的事。在更衣室、供水室、洗手间，沙惠子忍受着同事们好奇的眼光，装着和往常一样。

各务把私宅让给了妻子和女儿，自己在离公司较远的郊外租了间公寓。沙惠子也从家里搬了出去。母亲哭着挽留她，让她重新考虑考虑，但父亲说了“别去管她”，母亲也只能放弃了。各务好多次都想上沙惠子家拜访，和沙惠子的父母见个面，但沙惠子的父母直到最后也没答应。

沙惠子无论如何不会因此而怨恨自己的父母。绝不原谅,这是父母最后享有的权利,而不被原谅,这是女儿最后应尽的义务,沙惠子这么想。

公司的工作只能辞了。一方面是为各务考虑,另一方面,自己成了公司上下闲聊时的话题,这让沙惠子疲惫不堪,便以个人情况为理由,提出了辞职报告。

自从和各务交往以来,沙惠子早就想好了,这些事终究会是这样的。要找工作的话,总能找到的,但这世上各务却只有一个,有什么能和各务放在同一个天平上呢?

无论怎么想、想些什么,都是多余的了。和自己所爱的男人在一个床上相拥入梦直到天明,一起用餐,呼吸同一个屋里的空气,一起欢笑一起哭泣,一起在大街上肩挨着肩散步,世上还有比这更幸福的事儿吗?

与此相比,失去的都是些微不足道的东西,根本不会令自己后悔。

开始一起生活的第一天,两人外出吃饭。以前去的都是坐落在代官山、青山那些时髦地方的饭店,但那天晚上,两人去的是住所附近的小酒馆,沙惠子说就在这儿吧。

"这可是有纪念意义的一顿饭,该去好点儿的地方才对。"

各务有些不满地说,但沙惠子摇着头。

"这里就行,其实我一直就想和你来这样的店。"

沙惠子没说谎,那些时髦的饭店已经让她厌倦了。

精致的店内装潢、恋爱电视剧里才有的环境,那只不过是用来弥补两人关系中怎么都消除不了的那份不满足。但现在已经不需要了。即使没有那些,沙惠子也感到非常满足。

两人在小酒馆一角的和式座席上坐了下来,用啤酒干杯。旁边的座席上,公司职员模样的中年人,正在发着自己公司的牢骚。

“这个。”

各务从口袋里拿出一个小盒。

“虽然是在这么个地方,但我总算实现诺言了。沙惠子想要的白金戒指。”

沙惠子有些紧张,重新坐直了身子。各务从盒子里取出戒指,拿起沙惠子的左手,把戒指戴在她的无名指上。

沙惠子默不作声地看着各务的动作。

得到这个一心想要的戒指,一共花了四年时间,在这四年里,各务送过她比这更贵的戒指。但是,在沙惠子看来,无论多么昂贵的戒指,都不如现在的这个耀眼。

就那么一刻的时间,原本冷冰冰的戒指,已经和手指的温度一样了,成了沙惠子身体的一部分。

沙惠子两眼泪汪汪的。

“真高兴。”

“是我不好,让你久等了。”

“现在想起来,我觉得那些都是必要的时间。”

“再也没什么要担心的了。”

听了各务的话,沙惠子直点头。

“嗯,再也没什么要担心了。一切都会顺利的。”

沙惠子感到真幸福。

沙惠子心想，现在暂且沉浸在这份幸福之中吧。这5克拉多的白金戒指应承受的一切，现在不去想它。

比如，各务离开了公司炙手可热的管理部，上个月底已经被调到了分公司；作为离婚的条件，各务必须每月支付八万日元的养育费，直到孩子成人；而作为赔偿，那座已经留给前妻居住的私宅，还剩下十三年的贷款，也必须由各务负担；就是沙惠子自己，也因为受到各务前妻的起诉，工作了五年的存款，全成了赔偿费付给了对方。

但这些个事儿都不值一提。没关系，一切总会有办法的，肯定。

能和自己所爱的各务一起生活，这些不都是些小事吗？

沙惠子的心里不断地重复着这句话。

沙惠子抚摸着镶嵌在自己左手无名指上的白金戒指，然后，她的视线慢慢地移到就坐在自己面前、为自己所深爱的男人身上。

图书在版编目(CIP)数据

情人们 / (日)江国香织等著;钱贺之译. —上海:学林出版社,2006.6

ISBN 7-80730-055-8

Ⅰ.情... Ⅱ.①江... ②钱... Ⅲ.短篇小说—作品集—日本—现代 Ⅳ.I313.45

中国版本图书馆 CIP 数据核字(2006)第 059637 号

情人们

作　　者—— [日] 江国香织等
译　　者—— 钱贺之
责任编辑—— 叶　刚
封面设计—— 魏　来

出　　版—— 上海世纪出版股份有限公司
学林出版社(上海钦州南路 81 号 3 楼)
电话:64515005　传真:64515005
发　　行—— 新华书店上海发行所
学林图书发行部(钦州南路 81 号 1 楼)
电话:64515012　传真:64844088
照　　排—— 南京展望文化发展有限公司
印　　刷—— 上海展强印刷有限公司
开　　本—— 890×1240　1/32
印　　张—— 5.75
字　　数—— 15 万
版　　次—— 2006 年 6 月第 1 版
2006 年 6 月第 1 次印刷
书　　号—— ISBN 7-80730-055-8/I·11
定　　价—— 15.00 元

TITLE：LOVERS

Copyright：©2001 ADACHI Chika，EKUNI Kaori，KAWAKAMI Hiromi；KURAMOTO Yu，SHIMAMURA Yoko，SHIMOKAWA Kanae，TANIMURA Shiho，YUIKAWA Kei，YOKOMORI Rika

Originally published in Japan in 2001 by SHODENSHA

Chinese translation rights arranged through DAICHI SHOMOTSU